Carolina Schutti

einmal muss ich über weiches Gras gelaufen sein

Carolina Schutti

einmal muss ich über weiches Gras gelaufen sein

OTTO MÜLLER VERLAG

Gefördert von

ISBN 978-3-7013-1193-4

© 2012 OTTO MÜLLER VERLAG, SALZBURG-WIEN
Alle Rechte vorbehalten
Satz: Media Design: Rizner.at, Salzburg
Druck und Bindung: Druckerei Theiss GmbH, A-9431 St. Stefan

meinen Großmüttern

I.

Babuschka

Fang einfach an, sagte Maja,
so viele erste Sätze.

Es heißt nicht Babuschka, sondern Matrjoschka, sagte meine Großtante, die einzige Tante meines Vaters, dabei konnte sie gar kein Russisch. Sie hatte wohl recht, aber ich glaubte ihr nicht. Ich hatte meine Babuschka immer schon so genannt und sie vorsichtig geschüttelt und auseinandergenommen und wieder zusammengesetzt und die kleinste genau untersucht, ob sie sich nicht auch öffnen ließe wie die anderen, durch einen geheimen Mechanismus, denn ich hatte nicht glauben können, irgendwann bei der letzten angekommen zu sein.

Nachts war ich oft wachgelegen und hatte meine Augen im Zimmer umherschweifen lassen, und ich hatte der großen Babuschka erzählt, wie das Haus von außen aussah und der Garten, das in die Breite gezogene Dorf, der Schatten, der sich mehr als das halbe Jahr auf den Großteil der Häuser legte. Vom

Tal mit seinen waldigen Hängen erzählte ich, vom Nachthimmel, der sich fest darüber spannte. Es hatte mir Angst gemacht, dass mir niemand sagen konnte, was dahinter war. Aber vielleicht musste man nur die richtige Frage stellen, um eine Antwort zu erhalten. Die Babuschka schaute mich an mit ihren großen Augen und ich machte sie auf und nahm das kleinste Püppchen heraus, legte es zart in meine Hand, wiegte es hin und her, staunte, wie erwachsen es aussah.

Meine Babuschka war verloren gegangen, so machte man mich glauben, aber das war unmöglich. Ich hatte sie niemals mit nach draußen genommen. Vielleicht hatte meine Tante beschlossen, dass ich zu groß sei für Puppen und sie eines Tages auf dem Dachboden versteckt oder weggeworfen, vielleicht hatte sie das Gemurmel, das allabendlich aus meinem Zimmer drang, für beunruhigend gehalten. Ich habe nie gefragt.

Ich erzählte Marek von der Babuschka und er strich mir das Haar hinters Ohr und küsste mich auf die Stirn.
 Moje kochanie, flüsterte er, und ich wusste, was das hieß, wenn ich auch kein Polnisch konnte und das Weißrussisch meiner ersten Jahre verloren gegangen war wie die Babuschka.

Marek hatte ein kleines Holzhaus mit einem verwilderten Garten. Er bot dem alten Walter Geld für die Gartenarbeit, aber mehr als ein paar Äste entfernte er nicht und Mähen war nicht möglich, da beim Zaun und um das Haus herum zu viel Gebüsch wucherte, so sagte Walter jedenfalls. Er ließ das Gebüsch stehen und kaufte sich Schnaps.

Marek trank keinen Schnaps, er trank nie. Trotzdem waren seine Augen manchmal rot, wenn er am Fenster saß und hinausschaute.

Sie seien nicht nacheinander gestorben, wie es sich gehört, hatte mir Marek einmal erzählt, sondern zuerst der Onkel, dann die Großmutter, dann starb Micha, sein Lieblingsneffe, er erhängte sich an einem Baum, an dem Baum, den der Großvater für den Onkel gepflanzt hatte. Über Mutter und Vater sprach er nicht, aber jeder wusste, was passiert war, nur hatte niemand eine Erklärung dafür, warum Marek als junger Mann ausgerechnet in dieses Dorf gezogen, warum er nach dem Krieg nicht nach Hause zurückgekehrt war.

Vergiss das alles wieder, hatte Marek dann gesagt und sich über die Augen gewischt, vergiss es. Ich habe es trotzdem nicht vergessen und fragte meine Tante, ob sie mir etwas über Marek sagen könne. Die Schattenseite ist schlecht, antwortete sie, und setzte nach, was mich das angehe. Ich fragte, warum stehen hier überhaupt Häuser, wenn die

Schattenseite so schlecht ist, doch darauf bekam ich keine Antwort.

Der Schnee kam früh und blieb lang, im Hochsommer musste man sich schon um vier eine Wolljacke holen, wenn man draußen spielen wollte. Im Garten wuchsen nur Minze und Kamille, Schnittlauch und Dill. Das Gras, wenn man barfuß darüberlief, stach einem in die Fußsohlen, doch ich konnte mir weiches Gras gar nicht vorstellen. Oder nicht mehr. Als kleines Kind nämlich muss ich über weiches Gras gelaufen sein, ein Mal zumindest, denn nach Jahren gab mir die Tante ein Foto, das mich mit meiner Mutter in einem Park zeigte. Ich hatte ein kurzes, weißes Kleidchen an mit gestickten Blumen und einer handgeketteten Borte am Kragen, meine Mutter hatte mich an der Hand gefasst, lachte in die Kamera und hielt nicht still für das Foto, der Arm war so unscharf wie ihr Gesicht. Wir standen barfuß im Gras, ich sah verunsichert aus, meine Augen weit aufgerissen, meine Lippen ein offener Spalt.

Meine Tante wollte nicht, dass ich Marek besuchte, ich solle lieber mit den anderen Mädchen spielen, meinte sie. Oft tat ich so, als hätte ich den ganzen Nachmittag lang Fangen gespielt und Gummihüpfen, ich kniete mich auf dem Nachhauseweg in die

Wiese und strich mit den Handflächen über feuchte Erde. Manchmal, wenn genug Zeit war, legte ich mich ins Gras und sah mir die Wolken an, die sich rosarot färbten, und wenn das Licht es zuließ, konnte ich unzählige kleine Insekten beobachten, die den Himmel bevölkerten und die Luft unruhig machten.

Es stimmt nicht, dass ich mich in ein Insekt verwandeln wollte und davonfliegen, denn ich wäre nicht weit gekommen. Und Tier wollte ich auch keines sein, obwohl es damals dazugehörte, ein Lieblingstier zu haben und alles darüber zu wissen.

Fini fragte mich nach der Schule, welches Tier ich denn gern wäre, und fügte in einem Atemzug hinzu, dass ich nicht antworten solle, sie wisse es, sicher ein Vogel – oder ein Engel, um zu meiner Mutter fliegen zu können. Ich wollte nicht zu meiner Mutter fliegen, denn unter der Erde war es eng und kalt, das hatte mir meine Tante gesagt und das glaubte ich ihr.

Es gibt verschiedene Babuschkas. Manche gleichen sich bis in die feinsten Details und manche haben unterschiedliche Bilder auf dem Bauch. Auf jedem Bauch ein anderes Bild und man weiß sofort, welche Geschichte dazugehört. Und die große Babuschka hält alle Geschichten zusammen wie der Umschlag eines Märchenbuches. Das kleinste Bild sollte man sich besonders genau anschauen, denn wenn man Glück hat, gibt es sogar hier auf dieser winzigen Fläche einen Hintergrund, der einen Wald zeigt oder einen Bach oder Blumen. Ich hatte Glück gehabt, meine Babuschka war besonders schön gewesen. An jedes Bild kann ich mich erinnern und auch die Geschichten zu den Bildern weiß ich noch, sie haben sich wie von selbst übersetzt, ohne dass ich es bemerkt hätte.

Marek bat mich oft, ihm diese Geschichten zu erzählen. Ich dachte, dass sie ihn an die Märchen seiner Kindheit erinnerten, vielleicht, weil sie sich ähnlich waren, aber womöglich wollte er nur verhindern, dass sie aus meiner Erinnerung herausfielen.

Marek schenkte mir Süßigkeiten oder bunte Steine, die ich unter einer losen Diele in meinem Zimmer aufbewahrte, doch wenn ich mit meiner Tante unterwegs war und wir ihn zufällig trafen, grüßte er nur kurz und sah mich kaum an dabei, als wäre ich ihm gleichgültig. Aber nachmittags, wenn ich zu ihm kam, strich er mir über die Wangen, setzte sich mir gegenüber an den schweren Holztisch, trank Schwarztee mit Milch und Zucker aus einem Glas mit aufgedruckten Blumen. Meinetwegen hatte er immer einen Vorrat an Getränken, die ich sonst nicht bekam, in der Speisekammer. Ich freute mich auf das sprudelnde Gelb oder Rot, saß auf Mareks Schoß, ließ mir Bücher vorlesen oder Märchen erzählen, lauschte gespannt seiner Stimme. Eine Unregelmäßigkeit lag darin, die nur ich hören konnte, so meinte ich damals, ein Tonfall, der mich an früher, an ganz früher erinnerte.

Als ich groß genug war, um allein mit dem Bus in den Nachbarort zu fahren, schickte mich meine Tante einmal in der Woche zum Einkaufen. Sie gab mir zwei Stofftaschen mit und nach Wochen noch musste ich ihr, bevor ich das Haus verließ, die Haltestellen und die Abfahrtzeiten hersagen. Ich vergaß nie etwas und durfte mir ab und zu eine Kleinigkeit aussuchen. Mit der Zeit kannte ich alle Geschäfte und wurde immer schneller mit den Besorgungen fertig, sodass ich noch durch die Straßen streifen und mir die Auslagen anschauen konnte. Damals begann ich, öfter an meine Mutter zu denken. Ich stellte mich so vor die Schaufenster, dass mein Spiegelgesicht ungefähr auf die ausgestellten Kleider passte. Bei einigen schaffte ich es, in den anderen hingen die Kleider zu hoch. Ich malte mir aus, wie es wäre, wenn sich das Gesicht meiner Mutter neben dem meinen spiegeln, wie ich an ihrer Seite in die Auslage hineinlachen würde und wie wir uns an den Händen hielten dabei.

Manchmal fragte ich mich, wie es wäre, einen jungen Mann an der Hand zu halten, mit ihm zu gehen, wie Fini es nannte. Ich versuchte, mich gerade zu halten, während ich die Straße auf und ab lief, den Bauch einzuziehen, denn das sei ganz wichtig, hatte Fini gesagt, mit den Hüften zu wackeln, sodass es aussah, als hätte ich hohe Schuhe an. Ich stellte mir vor, wie es wäre, wenn mich ein junger Mann auf die Sonnenseite holen würde, er würde meine Mutter fragen, ob es gestattet sei, ihre einzige geliebte Tochter mitzunehmen, ja, mitnehmen würde er sagen, meine Mutter würde lächeln und nicken, mich an der Schulter fassen und zu dem jungen Mann hinschieben, ihre Hände vor dem Bauch falten, warten, bis er mir einen Kuss gegeben und mich in die Arme genommen hätte, und dann würde sie winken, bis wir hinter einer Biegung des Weges verschwunden wären.

Fini nahm mich manchmal an der Hand, wenn wir gemeinsam durch den Wald streiften. Wurde es auf dem Nachhauseweg dunkel, packte sie mich so fest, dass die Abdrücke ihrer Finger noch lange sichtbar waren. Ich sagte ihr nicht, dass sie mir wehtat. An langen Sommernachmittagen, wenn wir von den anderen genug hatten und ich nicht bei Marek war, setzten wir uns an den Bach, hielten die Füße ins Wasser, bis sie rot waren, legten uns dann auf die flachen, sonnenwarmen Felsen und krempelten die Blusen hoch, um unsere Bäuche zu bräunen. Fini erzählte mir Geschichten, keine Märchen, sie erzählte, was sie über die anderen Mädchen wusste und über deren Familien und von ihrem älteren Bruder und dessen Freundinnen und Freunden und ausgiebig davon, was sie durchs Schlüsselloch beobachtet hatte. Sie erklärte mir, wie das sein würde in ein paar Jahren, wenn aus uns junge Frauen würden und sich die Männer für unsere gebräunten Beine und Bäuche interessierten. Ich hörte ihr gerne zu, ihre Sätze flossen dahin wie der Bach, ein beruhigendes Plätschern beinah, und obgleich keine Baba Jagas und verzauberten Königstöchter vorkamen, lauschte ich ihren Erzählungen gespannt. Ihre Familie wurde einen Nachmittag lang zu der meinen, Finis Geschichten nahm ich mit nach Hause und mit ihnen das Gefühl, etwas erlebt zu haben und dem Schatten entkommen zu sein. Eines Abends schrieb ich einen Satz, einen halben Satz auf, der mir unterwegs eingefallen war: Könnte man sich all die Geschichten wie einen Schutzschild vor den Leib halten, sich fremde Sätze umhängen wie einen Tarnmantel. Ich las den Satz Fini vor, als wir uns das nächste Mal sahen, doch sie blickte mich von oben herab an und begann zu lachen. Ich knüllte den Zettel zusammen, steckte ihn ein, warf ihn auf dem Nachhauseweg in den

Bach und wusste, dass er bald zu kleinen Fetzen würde, um sich dann ganz aufzulösen im kalten Wasser. Nie wieder ist mir so ein Satz eingefallen und nie wieder würde ich so einen Satz aufschreiben. Aber diesen einen habe ich mir gemerkt.

Man muss immer wieder von vorn anfangen, sagte meine Tante, wenn ich meinen Mut zusammennahm und sie nach früher fragte, obwohl ich ahnte, dass sie wieder nicht antworten und mir das Gefühl geben würde, sie mit dieser Frage in Verlegenheit gebracht zu haben. Die Vergangenheit, die ich mit meiner Mutter erlebt hatte, und die Vergangenheit mit meiner Tante haben sich gegeneinander verschoben, ich habe keine Erinnerung an die Schnittkante, keine Erinnerung daran, wie ich aus der Stadt ins Dorf gekommen war.

Ich weiß noch, dass ich die Tante nicht verstand, dass sie in der mir unvertrauten Sprache auf mich einredete, und dass ich zu dem fremden Mann, der mich abgeholt hatte, Papa sagen sollte. Ich sah ihn zuerst nur an den Wochenenden und dann immer seltener, weil er den Rat meiner Tante beherzigte und ganz von vorn anfing. Ich durfte bei der Tante bleiben, sie war froh um Gesellschaft in dem zu großen Haus.

Deiner Mutter war es nicht gut genug bei uns, sagte die Tante, und dass ich gerade ein paar

Wochen alt gewesen sei, als sie das Dorf und meinen Vater hinter sich gelassen habe, doch scheiden lassen wollte sie sich nicht, den Grund wisse sie bis heute nicht.

Und jetzt bist du hier, sei zufrieden. Ich wusste, ich musste zufrieden sein.

Als Marek starb, lebte ich nicht mehr im Dorf. Das Foto auf der Todesanzeige zeigt ihn als Fünfzigjährigen, ich weiß es so genau, weil das sein schönster Geburtstag gewesen war, weil das Foto auf einem schmalen Regal neben der Haustür stand, sein schönster Geburtstag, so hatte er jedenfalls gesagt. Fifty-fifty, hatte jemand mit weißem Lackstift an den unteren Rand geschrieben. Für hundert Jahre hat es nicht gereicht, sein Leben, aber wer kann schon sagen, wie viel Leben man mitbekommt. Meine Tante starb vor ihm, sie bekam dreiundachtzig Jahre, um das Grab muss sich niemand kümmern. Sie hatte eine Steinplatte bestellt und Jahre vor ihrem Tod selbst bezahlt, wer möchte, kann eine Kerze daraufstellen oder einen Blumenstrauß hinlegen, den die Sonne trocknet und den der Wind von der Grabplatte weht. Sie wusste, ich würde nicht wiederkommen.

Ich kam nicht wieder, ich konnte nicht, ich habe eine Matrjoschka bekommen, sie sieht meiner alten, meiner versteckten, meiner weggeworfenen Matrjoschka sehr ähnlich. Ich habe sie auseinandergenommen und alle Puppen nebeneinander aufgestellt. Auf die Bäuche sind Szenen aus Märchen gemalt, aber sie machen mich traurig, jetzt, wenn ich mich an sie erinnere. Mit meiner Mutter habe ich meine Sprache verloren, die Einschlafsätze, die Trostsätze, dieses Wogen und Wiegen der Worte, unsere Sprachinsel, auf der nur wir beide Platz hatten, auf der wir durch die Stadt trieben, zum Spielplatz, zum Bäcker. Kübel, Schaufeln und Semmeln, ich kann mich nicht erinnern, mit welchen deutschen Wörtern ich zu meiner Tante kam. Und jetzt: Trostsätze aus dem Wörterbuch, Trostsätze vom Band gesprochen, doch das Wiegen will sich nicht einstellen, die Sätze bleiben vergessen.

Moi bednyj anjol, muss meine Mutter gesagt haben, moj bednyj anjol.

Ich drehe die Puppen um und lasse sie aus dem Fenster schauen, ihre Rücken sehen alle gleich aus. Hellblaue Blumen auf rotem Grund. Wo sind meine ersten Sätze geblieben, frage ich mich, frage ich mich jetzt erst, wenige Jahre lang aufgeblüht zu einer ganzen Sprache und auf der Schattenseite wieder verkümmert, nicht einmal in Erinnerung geblieben, nicht in meiner jedenfalls.

II.

Daunenhöhle

Steh nicht in der Tür herum, sagt die Tante.

Maja drückt sich vom Türstock weg, macht einen Schritt vorwärts, auf die Tante zu.

Ist sie gekommen?, fragt Maja.

Die Tante trocknet ihre nassen Hände am Geschirrtuch ab, nimmt die Strickjacke vom Haken, schlüpft zuerst in den rechten Ärmel, dann in den linken, immer zuerst in den rechten, schließt zwei Knöpfe, krempelt die Ärmel hoch und stellt sich wieder an die Spüle. Maja sieht die Tante von der Seite an, nimmt wortlos ein Geschirrtuch und hilft beim Abtrocknen. Das zarte Sonntagsgeschirr, weißes Porzellan mit hellblauem Muster, die frisch abgetrockneten Teller und Tassen kommen zuunterst in den Schrank. Maja steigt auf einen Stuhl, die Tante hebt vier Teller in die Höhe, Maja schiebt zwei Teller auf einmal unter den Stapel.

Damit das Geschirr in Umlauf bleibt, hat ihr die Tante beigebracht. Die Tassen schafft sie schon allein, die Gläser hat die Tante bereits auf ein eigenes Regal gestellt. Dann kommt das Besteck.

Pass auf, das Messer ist scharf, sagt die Tante, das sagt sie jedes Mal, und Maja fasst es am Griff, trocknet vorsichtig die Klinge, und wenn die Tante nicht hinschaut, greift sie prüfend mit dem Finger an die Schneide, bevor sie es in die Küchenschublade legt. Nur vor den schweren Pfannen hat sie Angst, sie braucht beide Hände, um sie zum Tisch zu tragen, trocknet sie zuerst innen, dreht sie um, trocknet dann Boden und Stiel. Sie lässt sie auf dem Tisch stehen, die Tante hängt sie selbst an die Haken, der Ton, den sie erzeugen, wenn sie an der dicken Steinmauer anschlagen, beendet die schweigsame Stunde: Beim Essen spricht man nicht und beim Abwaschen passt man auf, dass man kein Geschirr zerschlägt, Reden lenkt ab, die Leute reden ohnehin zu viel, sagt die Tante. Maja hängt das Geschirrtuch zum Trocknen über die Stuhllehne, die Tante zieht die Ärmel ihrer Wolljacke über die Handgelenke, reibt die roten Hände aneinander.

Ist sie gekommen?, fragt Maja noch einmal und die Tante schaut sie kurz an, schüttelt den Kopf. Es ist Sonntag, sonntags kommt keine Post und es wird auch nichts mehr kommen, Ostern ist drei Wochen her. Die Tante scheucht Maja aus der Küche, macht eines der kleinen Fenster auf, zieht die Tür hinter sich zu.

Das Kind ist groß geworden, denkt sie, und dass drei Jahre keine Zeit sind für eine alte Frau und eine Ewigkeit für ein Kind. Wie gerade noch der Vater hier ein und aus gegangen ist, wie sie ihn aufgezogen hat, weil seine Mutter ihn nicht haben wollte. Wie er sein Leben leben soll ohne dieses Kind, das auf einmal da stand, das der Frau so ähnlich sah, von der er nie mehr gesprochen hat.

Maja steht im Flur, beobachtet die Tante, die sich mühsam die Schuhe zubindet, einen flüchtigen Blick in den hoch hängenden Spiegel wirft.

In zwei Stunden bin ich wieder da, sagt sie, dass du mir ja nichts anstellst.

Maja geht in die Stube, der Holzboden knarrt unter den gestreiften Teppichen, Maja weiß genau, wohin sie steigen muss, um es besonders laut knarren zu lassen. Sie geht den lauten Weg, steigt mit ihrem ganzen Gewicht auf die Dielen, niemand ermahnt sie, sie geht den Weg wieder zurück, dann die Wand entlang zur Sitzbank des Kachelofens. Sie kniet sich hin, auf den breiten Fensterbänken stehen immer Blumen, auch im Winter, Maja zupft ein paar welke Blüten ab, legt sie in einer Reihe auf das Fensterbrett, stützt ihr Kinn in die Hände und schaut hinaus. Es gibt nichts zu sehen. Wolken, ein graubewachsener Hang, ein Gartenzaun, ein Streifen vom Nachbarhaus, ein Stück Stall. Eine Latte vom Palmsonntag quer unter das Stalldach geklemmt, ein rotweißrotes Band hängt schlaff herunter.

Warum hat der Vater nicht geschrieben, zu Weihnachten nicht, zu Ostern nicht, sonst sind seine Karten immer pünktlich gekommen, manchmal sogar ein oder zwei Wochen zu früh.

Ihr Lieben, frohe Feiertage.

Die Tante hat den knappen Gruß jedes Mal laut vorgelesen und die Karte dann zu den anderen in eine Schachtel gelegt. Wenn Maja wissen wollte, ob da noch mehr stehe, hat die Tante immer den Kopf geschüttelt, und als sie einmal gefragt hat, warum der Vater nicht mehr da sei und warum er nie zu Besuch komme und wo er denn wohne, hat sie gesagt, dass man nach vorne sehen müsse und Maja auf eine Weise angeschaut dabei, dass sie sich auf die Lippen biss, bis sich die Tante umdrehte und den Raum verließ.

Von der Vergangenheit kann man sich keine Scheibe abschneiden, das sagt sie oft, mit Schneiden kennt sich die Tante aus, sie schneidet Brot, sie schneidet Zwiebeln, Speck, Karotten, Tomaten. Sie kocht in emaillierten Töpfen, wärmt auf, was übrig bleibt, bäckt sonntags Kuchen, einfache Kuchen aus Hefeteig mit Streuseln obendrauf oder mit Früchten, das letzte trockene Stück bekommt Maja am Donnerstag nach dem Abendessen. Die Tante achtet darauf, dass das Kind wachsen kann, dass es sauber ist und satt. Satt wird man vom dauernden Fragen nicht, das muss sie Maja noch beibringen, dass Fragen dazu dienen, sich nach der Gesundheit von jemandem zu erkundigen oder nach dem Wetter, dem Appetit oder danach, ob der Tisch schon gedeckt ist und das Essen fertig.

Es ist kühl in der Stube, Maja legt sich die rote Wolldecke über die Schultern. Im Ofen liegen Holzscheite und Papier bereit für den Fall, dass es sich einzuheizen lohnt. Diesem Kachelofen hat ihr Vater sein Leben zu verdanken, das hat ihr die Tante einmal erzählt. Dass der Winter in seinem Geburtsjahr besonders streng und der Ofen regelmäßig warm gewesen sei. Dass sie den schwächlichen Säugling in Tücher gepackt und in einem Korb oben auf die Kacheln gestellt habe.

Aber zu den Karten sagte sie nichts und sie sprach auch nicht darüber, warum der Vater weggegangen war, gerade als Maja sich daran gewöhnt hatte, Papa zu ihm zu sagen.

Majas Erinnerung verdichtet sich an dem Moment, als sie das Haus zum ersten Mal betreten hatte. Ihr Vater war ihr voraus gegangen, um sich an den blanken Holztisch zu setzen, Maja blieb in der Tür stehen und verstand nicht, was die Tante von ihr wollte.

Steh nicht in der Tür herum, muss sie gesagt haben, denn das sagt sie immer, wenn sich Maja an den Türstock lehnt, darauf wartet, dass ihr die

Tante ein Geschirrtuch in die Hand drückt oder dass sie mit dem Kinn auf den Küchenkasten deutet, wenn Maja den Tisch decken soll.

Es war dämmrig im Raum, Maja hatte die kleinen Fenster gezählt, adzin, dva, try, bis zehn konnte sie schon zählen, aber es gab nur drei. Drei kleine Fenster in dicken Mauern aus Stein. Eine holzgetäfelte Decke. Eine leinenbespannte Lampe über dem Esstisch, die schwaches Licht gab. Die Tante drehte ihr den Rücken zu, hantierte mit Geschirr, etwas kochte auf dem Herd. Maja kannte den Geruch nicht, der von dem Topf ausging, sie konnte nicht einmal sagen, ob er angenehm war oder nicht. Wie angewurzelt stand sie unter dem Türstock, blickte abwechselnd von ihrem Vater zur Tante und wieder zurück. Vaters Gesicht im Halbschatten. Keiner blickte sie an, die Tante stellte dem Vater ein Glas Milch auf den Tisch, rührte im Topf, der Vater starrte auf die Tischplatte. So, sagte er. Und noch einmal, so. Nach einer Zeit, die Maja endlos vorkam, machte die Tante einige Schritte auf sie zu. Maja stand vor der geblümten Kittelschürze, die Tante wischte ihre nassen Hände daran ab, fasste Maja an der Schulter und schob sie zum Tisch. Maja setzte sich dem Vater gegenüber, sah zu, wie er seine Milch trank.

Er hatte sie im Heim besucht, die Heimleiterin hatte Maja zu verstehen gegeben, dass er ihr Vater sei, und dieser Vater war mit ihr spazieren gegangen und hatte sie auf ein Eis eingeladen. Erdbeereis. Als sie zurückgekommen war, hatte sie sich in die Mitte des Spielzimmers gestellt. Erdbeereis, hatte sie gerufen und auf ihren Mund gezeigt und auf ihr Kleid, das voller rosa Flecken gewesen war. Ein Mädchen hatte sich vor sie hin gestellt und war ihr mit der Zunge über die Lippe gefahren, dann hatte es zu schreien begonnen und eine Erzieherin war gekommen und hatte streng geschaut, das Mädchen wortlos unter den Armen gepackt und aus dem Raum getragen.

Einige Zeit später hatte dieselbe Erzieherin ein paar Kleidungsstücke in eine Tasche gelegt und die Matrjoschka obenauf, sie hatte Maja die Schuhe angezogen und sie vor die Tür geschoben, wo der Vater auf sie wartete. Sie musste mit ihm mitgehen, weil ihre Mutter unter der Erde lag und er sich um sie kümmern würde.

Die Tante stellte einen Becher mit warmer Milch vor sie hin, streute ein wenig Kakaopulver hinein, rührte geräuschvoll um und bedeutete ihr zu trinken. Sie setzte sich zu ihnen, schaute Maja an, streckte dann ihren Arm und strich dem Kind über den Kopf.

Wird schon werden, alles wird, sagte sie.

Der Vater sagte nichts.

Die Uhr in der Stube schlägt drei, in einer Stunde wird die Tante wieder da sein. Der Kachelofen ist kalt, die Schläge der Uhr verklingen, das bleiche Nachmittagslicht lässt den Raum noch dunkler wirken als sonst. Maja wickelt sich aus der Wolldecke, horcht, ob wirklich alles ruhig ist im Haus, setzt die Füße nebeneinander auf den Boden und wählt den leisen Weg, schleicht, obgleich sie allein ist, zur Vorratskammer. Irgendwo knackt Holz, ein Balken, die Wandvertäfelung im Flur, der Boden, Maja erschrickt, doch es bleibt ruhig, es war nur das Haus, sie legt die Hand auf die Türklinke, hofft, dass die Tante nicht abgeschlossen hat. Die Tür geht auf, es riecht nach Zwiebeln und Rauchwurst, Maja stellt sich auf die Zehenspitzen, um den Lichtschalter zu erreichen, er hängt lose an einem Kabel von der Decke. Das Licht flackert, dann beruhigt es sich, leuchtet die Regale aus, den verbotenen Raum, den nur die Tante betreten darf. Dabei gibt es nichts, was Kinder anlocken könnte, nur fest verschlossene Marmeladegläser, Packungen mit Zucker und Mehl, Schmalztöpfe, Gemüse, Brot, das erst drei Tage hier liegen muss, bevor es die Tante aufschneidet, damit nicht zu viel davon gegessen wird. Da hinein war die Tante verschwunden, nachdem sie Maja die letzte Karte des Vaters vorgelesen hatte:

Ihr Lieben, frohe Feiertage.

Maja untersucht Regal für Regal, schiebt eine Trittleiter von der hinteren Ecke des Raumes in die Mitte, tastet die oberste Stellage ab. Sie spürt etwas Eckiges, Hartes, festen Karton. Ihre Fingerspitzen kratzen daran, sie ist zu klein, kann ihn nicht weiter nach vorne ziehen. Dann bekommt sie eine Kante des Deckels zu fassen, steckt ihre Fingerspitzen unter den Rand, zieht die Schachtel nach und nach zu sich heran, bis sie sie in beide Hände nehmen kann. Sie ist leicht, leichter als erwartet. Maja stellt den Karton auf die Trittleiter, nimmt den Deckel ab und holt Karte für Karte heraus. Sie kann Vaters Schrift nicht lesen, obwohl die Lehrerin sie dafür gelobt hat, dass sie sich die Buchstaben so schnell merken konnte, schneller als die anderen Kinder, aber Vaters Schrift zieht sich in großen Bögen über den knappen Platz auf der Postkarte wie eine Spur im Schnee, verschlungen, unlesbar, ins kalte Weiß gedrückt von herabgefallenen Zweigen oder Schneehäubchen, die in dicken Tropfen von den Ästen gefallen sind. Osterhasen, Weihnachtsbäume und Geburtstagstorten hält Maja ins Licht, die beschriebene Seite hält sie schräg, fährt tastend mit dem Zeigefinger darüber, haucht sie an, befeuchtet den Finger mit Spucke, tupft vorsichtig Feuchtigkeit auf, doch es will sich keine Geheimschrift zeigen, nichts war hingeschrieben und dann doch ausgelöscht worden.

Ihr Lieben, frohe Feiertage, Maja muss es der Tante glauben, ein ganzer Stapel pünktlicher Wünsche in einer alten Schachtel ohne doppelten Boden.

Maja stellt den Karton wieder zurück, berührt die Zwiebeln, die Würste, das Brot, riecht an ihren Fingern, löscht das Licht, schließt die Tür und geht über die Treppe in ihr Zimmer hinauf. Legt sich ins Bett, versteckt sich unter der dicken Daunendecke, achtet darauf, dass keine verräterische Haarsträhne mehr hervorschaut, dass ihre Beine ausgestreckt liegen ohne dass die Knie die Decke zu einem Berg auftürmen, dass der Atem ruhig geht. Sie atmet ein und aus, die Luft wird warm und dick, dick wie Sirup, den man nicht unverdünnt trinken darf, sie macht ein kleines Luftloch zur Wandseite hin, schließt die Augen. Sie sieht Zwiebeln und Brot, flackerndes Licht, sieht sich Regale abtasten, alles berühren, was sie sieht. Staub klebt an ihrem Finger, sie leckt ihn ab: Wie Zucker, warum hat ihr niemand gesagt, dass Staub nach Zucker schmeckt, oben liegt mehr davon, sie streckt sich, sie will das oberste Regal erreichen, da verlassen ihre Füße den Boden, wie einfach das geht, man muss es sich nur fest genug wünschen, sie schwankt ein wenig in der Luft, höher, noch ein bisschen höher, sie streckt die Arme aus, hält sich am Regal fest, doch statt des Staubes sieht sie Geburtstagstorten, eine neben der anderen. Sie will mit dem Finger in die Creme fahren, doch der bunt gefärbte Sahneüberzug fühlt sich steif an, ausgetrocknet, die Torten sind aus Karton, beklebt mit harten Zuckerherzen. Maja bricht eines ab, ein rosarotes, eingetrocknetes Zuckerherz, es kracht laut, als sie es abbricht, es kracht noch einmal und noch einmal, wie ein Echo, dabei hat sie sich doch nur ein kleines Stück genommen. Auf einmal strömt kalte Luft herein, das Krachen hört auf, die Holzpantoffeln der Tante stehen vor Majas Bett, ihre Hände haben die Decke mit einem energischen Ruck weggezogen.

Tagsüber schlafen, das gibt es nicht, nicht bei mir, sagt sie, die Kartontorten verschwinden, die Herzen, der Zucker, das Schweben. Nicht bei mir, sagt die Tante, nicht laut, leise beinahe, aber so bestimmt, dass Maja Tränen in die Augen treten und sie wortlos aufsteht, Kopfkissen und Decke aufschüttelt, hinter der Tante hergeht, die kein Wort mehr sagt, sondern mit dem Kinn auf die Küchentür deutet, auf den Küchenkasten, auf den Tisch, ein bisschen später auf das Brotmesser und auf den Topf für das Teewasser.

Das geht so nicht, sagt sie dann, als sie am Tisch sitzen, ich ziehe hier keinen Tagedieb auf, und Maja weiß, dass sie keinen Grund hat zu weinen, die Tante schreit nicht und sie schlägt nicht, und Maja stellt sich vor, wie das Wasser, das in ihren Augen steht, versickert, bevor es nach draußen rinnen kann, sie stellt es sich ganz fest vor, damit die Tante sieht, dass sie ein vernünftiges, großes Mädchen ist, und es gelingt ihr, sie schluckt die Tränen, verspricht, sich nützlich zu machen, auch am Sonntag.

Die Tante stellt ein Stück Kuchen vor sie hin, Hefekuchen mit Streuseln, ein frisches Sonntagsstück.

Hast es nicht leicht, Kind, sagt sie dann, und jetzt iss.

Das Papierfalten hat ihr die Lehrerin gezeigt. Ecke auf Ecke, Kante auf Kante, Maja streicht den Falz mit dem Daumennagel glatt, biegt die entstandenen Spitzen nach oben, zupft geduldig winzige Pfoten, Schnäbel, Hörner zurecht und stellt ein Papiertier nach dem anderen zu ihrer Menagerie. Ob Fini ebenfalls Papiertiere falte, fragt die Tante, und Maja nickt. Die Tante strickt an einer Decke, verschiedenfarbige Wollknäuel zucken abwechselnd im Weidenkorb. Maja spürt die Kälte der Ofenkacheln im Rücken, lehnt sich trotzdem an, es ist ihr Platz, Abend für Abend. Morgen Nachmittag wird sie zu Fini gehen oder zu Marek, und am Abend wird sie eine Seite lesen und ein paar Zeilen schreiben und die Tante wird ihre Wollknäuel zucken lassen und ab und zu aufschauen um zu kontrollieren, ob Majas Blick auf die Bücher gerichtet ist oder andersohin.

Der Hirsch ist fertig, Maja biegt seine Beine auseinander, zieht das Geweih zurecht, sticht mit einer Nadel ein Loch in seinen Rücken, um ihn an einem durchsichtigen Faden aufzuhängen. Maja hängt ihn zu den anderen Papiertieren vor das Fenster, sie bewegen sich im Luftzug, Maja sieht dem Tanz der Tiere zu.

Vor alle Fenster möchte sie Hirsche hängen und Füchse und Raben und Tauben und einen Schmetterling und auch geschliffene Glasperlen, die das Licht brechen und spiegeln und Lichtmuster an die gekalkten Wände werfen. Die Tante hat nichts dagegen.

Wenn du mir sonst nichts durcheinander bringst, sagt sie, und Maja schüttelt den Kopf, antwortet, nein, ich bringe nichts durcheinander, und zieht einen goldenen Bogen aus der Schultasche. Das soll der Schmetterling werden.

Leicht war es gewesen, das Blatt Papier heimlich einzustecken, zu verlockend waren die glänzenden Blätter am Tisch der Lehrerin gelegen. Nicht einmal Fini hat etwas bemerkt, obwohl sie die ganze Zeit über neben ihr gesessen ist, und Maja hat ihr nichts gesagt, den goldenen Schmetterling will sie für sich allein. Sie müssen sich gelohnt haben, die restlichen mit schlechtem Gewissen zugebrachten

Schulstunden, die Kanten müssen ganz sauber sein, jedes Ausbessern würde man nachher sehen. Der Schmetterling ist schwerer zu falten als der Rabe und sogar als der Hirsch, er muss beim ersten Versuch gelingen, seine goldenen Flügel sollen im Licht tanzen und er soll sich von allen Tieren am schönsten drehen.

Die Tante steht auf, um neue Wolle zu holen. Hinter der Tür steht ein Korb, halbvoll mit Bauklötzen, darauf liegen Wollknäuel in allen Farben. Einmal, Maja war gerade ein paar Monate bei der Tante und vier Jahre alt gewesen, war Marek vorbeigekommen und hatte ihr bunte Bauklötze gebracht, eine Puppe und Seifenblasen.

Damit sie was zum Spielen hat, hatte er gesagt, und die Tante hatte mit dem Kinn auf Maja gezeigt, die auf einem Flickenteppich in der Ecke gesessen war und ein Haus aus Holzscheiten zu bauen versuchte.

Sie hat doch was, hatte sie gesagt, blieb aber am Herd stehen, als Marek sich zu dem Kind hinunterbeugte und seine Geschenke vor ihm ausbreitete.

Danke sagt man, hatte die Tante gemurmelt.

Ist gut, hatte Marek gesagt und im Gehen seine Mütze aufgesetzt. Eines Tages hatte die Tante dem Kind zwei Zöpfe geflochten und ihm das schönste Kleid angezogen, geputzte Stiefel und eine warme Jacke, und in dichtem Schneetreiben waren sie zu

Mareks Haus gegangen und die Tante hatte dem Kind eingeschärft, dass es schön seine Sätze hersagen solle, es gehe doch schon ganz gut. Marek sei ein armer Hund und keiner im Dorf wisse wirklich, warum er hier sei, aber sie seien ordentliche Leute und ordentliche Leute bedankten sich, wenn sie ein Geschenk bekämen.

Maja hatte Angst gehabt vor dem Hersagen der Sätze, sie hatte das Gelächter der Kinder im Ohr, als sie bei der Kindergärtnerin nachfragen sollte, was pissen heißt. Nur Fini hatte nicht gelacht, sie hatte sie an der Hand genommen und ihr versprochen, sie werde nächstes Jahr in der Schule neben ihr sitzen und ihr alles erklären, großes Ehrenwort.

Doch jetzt klemmte ihre Hand in der Hand der Tante, Maja flüsterte die Sätze vor sich hin, und als Marek die Tür öffnete, kam nur mehr ein Gestammel und dann Tränen und dann bat Marek die beiden herein und schenkte der Tante Tee ein und dem Kind ein Glas Himbeersaft, und er schaute Maja mit einem Blick an, der die Sätze zum Fließen brachte, die Tante ließ endlich Majas Hand los und Maja trank den Saft und schaute in der Stube umher und konnte den Hund, von dem die Tante gesprochen hatte, nirgends entdecken.

Komm Kind, hilf mir, sagt die Tante, und Maja schiebt das goldene Papier zur Seite, winkelt die Arme an. Die Tante legt die Wolle um Majas steif nach oben gestreckte Finger, wickelt ein festes Knäuel aus dem Garn. Komm Kind, hilf mir, sagt die Tante, wenn ihr ein Korb zu schwer ist oder wenn sie etwas nicht finden kann. Iss Kind, sagt die Tante, wenn sie einen Teller vor Maja hinstellt.

Maja ist sauber, sie ist satt, die Brösel vom Sonntagskuchen hat sie sich gleich nach dem Abendessen von den Fingern gewaschen, bald ist es Zeit fürs Bett. Wie in der Küche hängt in der Stube nur eine Lampe, das Gesicht der Tante liegt im Halbschatten, das wachsende Wollknäuel im Licht, Maja fallen die Augen zu.

Nachts darf man ungestraft in der Daunenhöhle liegen, man liegt weich und warm. Wenn sich Maja auch nur leicht bewegt, raschelt die Decke wie der Stoff eines Abendkleides und Maja glaubt manchmal einen zarten Duft zu riechen, den Hauch eines teuren Parfums. Der Duft bleibt an ihrem Bett, bis sie einschläft, und erst mit den Träumen stiehlt sich das Rascheln davon, leise, ganz leise, um das Kind nicht zu wecken, schwebt es über die Dielen.

III.

Warme Himbeeren

Heute nicht, nein, heute kommt sie wohl nicht mehr, denkt Marek und wendet sich vom Fenster ab. Er streckt seine Hand nach dem Wasserglas aus, zögert, nimmt es dann doch und stellt es ins Geschirrregal zurück.

Die Sirupflasche auch, murmelt er, streicht noch das Tischtuch glatt, das mit den gestickten Singvögeln, öffnet die Tür zur Speisekammer. Eine Mauernische eigentlich, nicht mehr, ein paar Bretter, behelfsmäßig befestigt mit unterschiedlichen Schrauben und halb heraushstehenden Dübeln. Das Gewicht der Einmachgläser, Konservendosen und Flaschen hat die Bretter verbogen, zu spät ist Marek eingefallen, dass schwere Sachen besser an den Rand gehören. Er stellt die Sirupflasche auf das oberste Regal, nimmt sich eine Dose Sauerkraut und eingemachte Pilze. Es wird dunkel, er kann gerade noch die schemenhaften Umrisse der Sträucher im Garten erkennen, mit der Dunkelheit kriecht die Kälte ins Haus, oder vielleicht war sie die ganze Zeit schon da und erst jetzt spürt er sie. Er wird dem alten Walter Geld geben, damit er endlich das Strauchwerk lichtet, bis zum Zaun will

Marek sehen können, bis zu seinem Zaun, dessen Holz grau geworden ist wie die Mauern seines Hauses.

Marek schaltet den Herd ein, gibt Schmalz in eine gusseiserne Pfanne und brät die Pilze, kleingeschnittenes Fleisch, Zwiebeln und das Sauerkraut. Er schneidet eine Scheibe Brot von einem dunklen Laib. Teig, um die Füllung darin einzuwickeln, macht er schon lange keinen mehr.

Heute also nicht, sagt er vor sich hin, nein, heute ist sie nicht gekommen. Er rührt wieder in der Pfanne, nimmt sie vom Herd und stellt sie auf den Tisch. Er lässt die Vorhänge offen, die Lampe spiegelt sich in der Scheibe, ein paar Zweige, die schon beinahe am Fenster kratzen, kann er trotzdem noch erkennen, den Mond sieht er nicht. Auf der Eckbank liegt eine Zeitung, er schlägt sie auf, Neumond ist morgen und schneien wird es. Er hat es vergessen, das hat er in der Früh schon gelesen und er hat es wieder vergessen. Ist nicht so wichtig, was für ein Mond ist, denkt Marek, und schüttelt trotzdem den Kopf über sich und darüber, dass er vergessen hat, vom Neumond und vom Schnee schon gelesen zu haben.

Er isst aus der Pfanne, es schmeckt, es war ein guter Pilzsommer letztes Jahr. Brot passt auch dazu. Und Tee, den Tee hat er noch nicht aufgesetzt. Er stützt sich zum Aufstehen mit den Händen an der

Tischplatte ab, schaltet den Herd noch einmal ein, lässt Wasser in den Kessel rinnen. Schwarztee muss es sein mit Zucker, die getrocknete Minze, die ihm Maja mitgebracht hat, hängt als umgedrehter Strauß immer noch am Nagel über der Spüle. Marek wartet, bis das Wasser kocht, gießt den Tee auf. Morgen wird er zeitig aufstehen, sich rasieren und dann zum Arzt gehen, das Bein ist schlimmer geworden. Vielleicht doch der Schnee, denkt Marek. Der Arzt wird ihm sagen, dass ihn die Medikamente müde machen und dass sie nicht gut seien für die Leber. Diese Leber ist alt genug geworden, wird Marek antworten, und müde bin ich, seit ich denken kann. Nur Schmerzen, nein, Schmerzen mag er keine mehr ertragen. Das solle der Arzt ihm gönnen, ein schmerzfreies Bein.

Marek trägt Wollsocken und Hausschuhe aus dickem Filz, den linken hat er mit Klebeband umwickelt, da sich die Sohle gelöst hat. Der Filz ist grau, Flecken unterschiedlicher Farbe haben sich angesammelt beim Kochen, beim Zähneputzen, als er sich den Himbeersaft eingeschenkt hat, den Finis Mutter Spätsommer für Spätsommer zu dickem Sirup einkocht, von dem er immer einige Flaschen bekommt, den er aufgießt mit warmem Wasser oder zu besonderen Anlässen mit Soda, der ihn an seine Kindheit erinnert. Mareks Kindheit riecht nach warmen Himbeeren mit süßer Sahne, sie

37

riecht nach feuchtem Moos, nach Flusswasser, nach den beiden Kühen, auf die sich alle so gefreut haben, nach dem Schweiß der Eltern. Jetzt, im Winter, wenn sich draußen der Geruch von kalter Luft und Schnee und Rauch hartnäckig zwischen den Häusern hält, kommen die Bilder. Marek sitzt auf der Holzbank, schaut auf das Fensterkreuz, auf die Eisblumen und versucht zu vergessen, was nach den Himbeeren und dem Flusswasser und den Kühen kam. Ein stilles Glück hilft beim Vergessen, ein stilles Glück, das die Hand nach ihm ausstreckt, er muss sie nur nehmen. Er nimmt Maja an der Hand, wenn sie vor seiner Tür steht mit erhitztem Gesicht, atemlos vom Laufen.

Komm herein, sagt Marek dann und Maja geht quer durch den Raum zur Truhe, auf der ein kleiner, gewebter Teppich liegt, setzt sich darauf, lächelt, blickt ihn erwartungsvoll an und sieht ihm wortlos zu dabei, wie er in der Küche hin und her geht, ein Glas vom Regal nimmt, wie er schließlich den Himbeersirup und eine Flasche Sprudelwasser aus der Speisekammer holt – Sprudelwasser, was ist denn das für ein Wort, hatte Marek beim ersten Mal gesagt und Maja hatte gelacht – für Maja macht er den Saft tiefrot.

Damit du dich daran erinnerst, später, sagt er zu Maja, damit du sagst, Marek hat mir immer tiefroten Himbeersaft gemacht.

Das Bein lässt ihm heute keine Ruhe, den Abwasch wird er morgen machen. Er umklammert die warme Teetasse mit beiden Händen. Die Haut ist rissig und rot, die Nägel gelblich und dick, die Schwielen von der Arbeit im Holz werden bleiben. Wenn die Bilder kommen, die Erinnerungsfetzen, hört er Schreie, riecht den Schweiß, spürt die Körper der Erwachsenen, die ihm nicht sagen konnten, wohin sie gebracht wurden. Seine nasse Hose, der Apfel, den er noch in der Hand hielt. Die Hose, die ihm die Mutter aus einem Vorhangstoff genäht hatte. Abendelang war sie mit roten Augen auf der Ofenbank gesessen, hatte die Nähnadel Stich für Stich durch den dicken Stoff gedrückt.

Die Augen der Mutter. Ihr Blick, als die Soldaten sie von ihm losrissen und zu den anderen Frauen drängten. Ihr Mund, der sich für einen Schrei öffnete, ihre letzten Worte an ihn, die er nicht hören konnte, weil die Rufe, die Schreie, das Gewimmer der anderen sie übertönten. Er wurde zu den Jungen und Kräftigen geschoben, ein Soldat trat ihm in die Kniekehlen, als er sich nicht umdrehen wollte.

Die kalte Querstange der Waggontür in seinem Rücken. Der Mann, der zusammengekauert auf dem Boden saß, der sich in die Finger biss, dass sie bluteten. Das Schaukeln des Waggons. Sein Auge an der Ritze der Tür. Das Gewisper, was siehst du, wo sind wir, sag schon, was siehst du.

Die Bahnhofsnamen, die ihm bald nichts mehr sagten, der stundenlange Halt vor einer Brücke über einen Fluss: Dunaj, flüsterte jemand vor sich hin, Dunaj, Dunaj, wie eine Beschwörungsformel, die er dem dunklen Wasser hinterherschickte bis ins Schwarze Meer.

Dunkle Fichtenwälder schließlich, die in der Ferne wie Mauern standen. Die Stille, als der Zug hielt, der Ausstieg mitten im offenen Feld. Der rohe Holzverschlag, in dem sie mehrere Wochen ausharren mussten, bevor sie in die Baracke gebracht wurden. Die Frau, die ihnen etwas zu essen über den Zaun warf, dazu beschwichtigende Worte, Glück das erste deutsche Wort, das er lernte: Irhapt Gluck gehapt. Dieser Satz, den er mit seinen Lippen einfing, nachformte, ohne zu verstehen, was er bedeutete.

Zehn Minuten von der Baracke entfernt stand ein Bauernhof, sie mussten dort einen kaputten Zaun reparieren. Der Schnee hatte ihn niedergedrückt und bald schon sollten die Stiere auf die Weide gelassen werden. Marek versank wie die anderen knöcheltief im Schlamm, die Holzschuhe musste er mühsam mit den Händen ausgraben, wenn er einen Schritt vorwärts oder auf die Seite machte. Eines Tages stand plötzlich die Bäuerin vor ihm, reichte ihm ein Bündel.

Da, für dich. Sie wirkte gehetzt, blickte sich um, ob sie nur ja nicht beobachtet wurden.

Zwei Hemden und eine Hose, pass auf, es steckt noch was drin, sagte sie.

Sie fuhr ihm durch das vor Dreck steife Haar.

Ein Kind bist du noch, ein Kind, zu früh aus dem Nest gefallen.

Dann drehte sie sich um und eilte zurück zum Bauernhaus.

Marek hatte sich gar nicht bedanken können, er wusste nicht, wie ihm geschah, offensichtlich hatte niemand etwas bemerkt, jeder war mit sich selbst beschäftigt und der Aufseher nicht in Sichtweite. Marek roch am Bündel, es roch nach Brot, dann versteckte er es hinter einem Baum und ging wieder an die Arbeit.

Ein paar Schulkinder fuhren auf dem Anhänger eines Traktors vorbei. Polacken, Polacken, schrien sie und spuckten auf sie hinunter, eines von ihnen stand auf, zog die Hose hinunter und streckte den jungen Männern sein Hinterteil entgegen. Das brannte mehr als das aufgenähte P, das Marek auf seiner Brust tragen musste, der Spott der Kinder grub sich ein.

Im Wald begegneten sie niemandem, blieben allein mit dem Krachen des Holzes, dem Schlagen der Äxte. Mit den tiefhängenden Wolken, dem anhaltenden Regen, vor dem die Bäume kaum Schutz boten. Die Baracke einen halben Tagesmarsch entfernt, kauerten sie zu viert unter einer alten Plane, versuchten zu schlafen. Marek griff nach seinem Bein, die Knochen würden wohl schief zusammenwachsen, aber die Schiene hielt. Im Holz waren schon einige umgekommen, er hatte Glück gehabt, nur das Bein.

Die älteren Männer hatten sich einen Verschlag aus Brettern gebaut, flüsterten in der feuchten Dunkelheit. Marek hatte in den letzten Tagen eine Unruhe unter den Männern bemerkt, es wurde getuschelt, die Augen des Aufsehers wirkten gehetzter als sonst. Wenn bald alles vorbei wäre? Was dann? Eine Angst beschlich ihn. Wenn niemand auf ihn wartete, wenn fremde Leute den Hof bewohnten, falls es ihn überhaupt noch gab? Vielleicht schliefen fremde Kinder in seinem Bett, spielten vor dem Schlafengehen mit den Weberknechten wie er. Warteten auf den Sommer, darauf, warme Himbeeren zu essen, dem Vater und den Brüdern auf dem Feld zu helfen, sich davonzustehlen, um den Eidechsen nachzujagen und ihre Schwänze als Trophäen in die Hosentasche zu stecken.

Beim Verladen der Baumstämme wurde nicht gesprochen, nicht geflüstert, das Wasser rann unter der Kleidung die kalte Haut entlang, in die Holzschuhe hinein. Ein Ende des Regens war nicht abzusehen, zu Fuß machten sie sich auf den Heimweg, Marek nahm die Holzschuhe in die Hand und ging barfuß durch den kalten Matsch, er spürte ohnehin nichts mehr.

In der Baracke warfen die Männer ein paar Holzscheite in den Ofen, einige massierten sich die Füße, einer riss einen Stoffstreifen von seinem Hemd, um eine blutende Wunde am Arm zu verbinden.

Dann ging die Tür auf und einer der Aufseher brüllte Mareks Namen, streckte ihm wortlos den durchweichten Umschlag hin, machte auf dem Absatz kehrt und ließ die Tür offen. Marek ging, den Brief mit beiden Händen haltend, nach hinten, als ihn Adam am Arm packte und neben sich auf seine Pritsche drückte.

Setz dich zu mir, sagte er und sah zu, wie Marek den Umschlag an einer Ecke aufriss, einen Finger tief in das Kuvert steckte, ihn hin und her bewegte wie einen Brieföffner. Dann half Adam Marek, die Nachricht zu lesen, zeigt mit seinem Finger auf Wörter, auf Buchstaben.

Marek erinnert sich an den feuchten Dunst in der Baracke, an den Regen, der unaufhörlich auf das Metalldach schlug, erdige Frühlingsluft aus dem Boden löste. An den zwischen den Pritschen stehenden Geruch nach Nässe, Schweiß, nach morschem Holz, nach den gestohlenen Kartoffeln, die jemand auf den einzigen Ofen gelegt hatte.

Adam las Marek nicht vor, das Papier sollte der Bote sein, nicht er. Die Schrift war verschmiert, doch beide wussten schon beim Entfalten des Schreibens, was drinstehen würde. Marek ließ den Brief nicht fallen und weinte nicht. Er saß da, steif, unfähig, etwas zu empfinden. Die Männer husteten, jemand fluchte. Adam sah Marek an, flüsterte, jetzt auch die Mutter. Eine Spinne verschwand in einer Bodenritze, kam nach kurzer Zeit wieder heraus, lief quer durch den Raum. Marek saß aufrecht da, minutenlang. Wünschte sich, dass die Mutter im Steinbruch abgestürzt oder dass sie von hinten erschossen worden war, weil sie den Blick vor dem Wachmann nicht gesenkt hatte, dass sie ihre Augen eines Morgens einfach nicht mehr geöffnet hatte. Ihre warmen, dunkelblauen Augen. Marek presste seine Faust auf die Zähne, dann kam das Zittern, das Zittern ersetzte die Tränen, das Schreien, das Wimmern, als wollte der Körper übernehmen, was die Seele nicht mehr leisten konnte.

Die Männer schrien schon lange nur mehr für sich, im Schmerz, der den eigenen Körper traf, wenn die Hand des Aufsehers auf den Kopf zuraste und das Trommelfell zum Platzen brachte, der Gewehrkolben auf die unfolgsamen Beine schlug oder auf den Rücken, der sich zum Kartoffelstehlen gebückt hatte. Adam sah Marek von der Seite an. Aber Kinder müssen doch weinen, flüsterte er und nahm Marek den Brief aus der Hand, komm her.

Und er ließ ihn auf seiner Pritsche schlafen, den Vierzehnjährigen, hielt ihn im Arm bis zum Morgengrauen und wartete vergeblich auf Tränen.

Ein Jahr später hatte ein neuer Frühlingsregen die Erde aufgeweicht und ein Förster hatte Helfer gesucht, einige Kilometer entfernt, und Marek hatte ja nichts gelernt, außer Bäume zu fällen und Äste abzusägen, Stämme zu verladen und Brennholz zu schlichten. Da war er dem Förster gefolgt und in einen anderen Wald gegangen, hatte sich in Anna verliebt, die ihn jedoch nicht haben wollte, hatte den luftigen Haaren noch nachgesehen und den roten Wangen, dem runden, weichen Leib, dann war er allein geblieben in diesem kleinen Häuschen, von dem er Stück für Stück abbezahlte und das nun ihm gehörte. Das im Winter der Schnee bedeckte, auf das im Sommer der Regen prasselte. Gedämpft nur drang das Geräusch ins Haus, befreit von seiner Bedrohlichkeit. Und nach Jahren war er an seinem Fenster gestanden und hatte hinaus in den Garten geblickt, über den Zaun hinweg, der sein Haus von der Straße, nicht die Straße von seinem Haus trennte, und sich über den salzigen Geschmack auf seinen Lippen gewundert, ungläubig nach seinen Wangen getastet, die nass waren: nasse, faltige Haut, und dabei hatte er ja nur auf das sattgrüne Strauchwerk geschaut.

Marek massiert sein Bein, die Teetasse ist leer. Schade, dass Maja nicht gekommen ist. Aber morgen vielleicht. Sie wird mit den Beinen baumeln und auf den Himbeersaft warten und auf eine Geschichte: Und wenn du groß bist, Maja, sollst du dich daran erinnern, dass Marek in seinem eigenen Haus auf dich gewartet hat, dass er bis zum Zaun geschaut hat und darüber hinaus, dass er dir immer tiefroten Himbeersaft gemacht hat, daran, Maja, daran sollst du dich erinnern.

IV.

Hundert Bürstenstriche

Ihre weißen Zähne, denkt Maja, die weißen Zähne, wenn sie lacht.

Du musst mit Salz putzen, hat Fini gesagt, jeden zweiten Tag, dann werden deine Zähne auch so weiß. Maja hat es versucht, Salz auf die Zahnbürste gestreut und sich damit die Zähne gerieben, aber es würgte sie, sie spuckte das Salz aus, spülte nach, spülte und spülte, bis der Salzgeschmack wieder weg war. Sie hat Fini nichts davon erzählt, sie hat gesagt, da kann man nichts machen, dann muss ich eben leben mit diesen Zähnen.

Zieh dich aus, hat Fini gerufen, wir schauen, was das Schönste an dir ist. Und sie hat Maja vor den Spiegel geschoben und ihr dabei zugesehen, wie sie Hose, Bluse, Unterwäsche abgelegt, wie sie sich unsicher vor Fini gedreht hat.

Heb die Arme, hat Fini gesagt, und Maja hat sich noch einmal herumgedreht und sich dann Wäsche, Bluse und Hose wieder angezogen.

Und, was meinst du, fragte sie dann. Fini nahm ihr Kinn zwischen Daumen und Zeigefinger, schaute an die Decke, als würde sie überlegen.

Sag schon, sagte Maja.

Deine Haare, deine Haare und deine Beine. Mit diesen Beinen findest du einen Mann.

Fini liegt mit dem Gesicht zur Wand. Ihr Atem geht ruhig, sie hat nur ihre Beine zugedeckt, ihr Kopf versinkt im Kissen. Das Fenster steht weit offen, die Sonne kommt ein Stück weit ins Zimmer, bis zum Teppich, nicht weiter. Maja hält Finis abgeschnittene Haare in der Hand, ein dickes Büschel, Fini wollte keinen Zopf.

Schmeiß sie weg, hatte sie gesagt, ich will sie nicht mehr sehen.

Sie war im Nachthemd auf dem Stuhl vor ihrem Schreibtisch gesessen, vor sich den Handspiegel, den sie an achtlos zusammengeraffte, schief aufeinandergetürmte Hefte und Bücher gelehnt hatte.

Im Spiegel hatte sie Majas Blick gesucht: Jetzt. Ihre Stimme war kräftig gewesen, sie war sich sicher.

Und Maja hatte die Schere genommen und sich bemüht, in einer Linie zu schneiden. Die Haare auf dem Boden, Strähne um Strähne. Finis Nacken, den sie freilegte, der feine Flaum darauf. Als alles kinnlang abgeschnitten war, nahm Fini Maja die Schere aus der Hand, fuhr sich mit den Fingern durchs Haar wie mit einem Kamm, klemmte die einzelnen

Haarbüschel zwischen den Fingern ein, hielt sie in die Höhe, schnitt rasch, vorne, hinten, über den Ohren. Das Geräusch der Schere wie von einem grasenden Tier. Ein dunkler Haufen lag auf dem Boden, dunkle Strähnen fielen kreuz und quer auf Finis Schultern. Maja stand hinter Fini, schaute über ihren Kopf hinweg in den Spiegel, in Finis konzentriertes Gesicht, auf ihre zusammengepressten Lippen, auf die verschmierte Wimperntusche unter ihren Augen, auf den Wangen.

Genug, sagte Maja nach einiger Zeit, als Fini nicht aufhörte zu schneiden, als sie immer schneller über ihren Kopf fuhr, schnitt, ohne richtig hinzusehen. Genug, rief Maja und riss ihr die Schere aus der Hand, stand entgeistert da, sah Fini an, die steif vor dem Spiegel saß, sich über die kurzen Haare strich, wieder und wieder. Dann zog sich Fini das Nachthemd aus, schob es im Sitzen mühsam über ihre Hüfte, Maja half ihr, es sich über den Kopf zu ziehen. Maja schüttelte es aus, doch die Haare wollten sich nicht vom Stoff lösen. Fini streifte mit den Händen über Gesicht, Nacken, Schultern, wischte sich die Haare von der Haut, grinste Maja beim Aufstehen an. Und?, gut?, fragte sie, blass jetzt, ihre Beine gaben nach, sie hätte sich nicht so schnell aufrichten dürfen. Maja reichte ihr den Arm, stützte sie und Fini legte sich ins Bett, wie sie war.

Willst du dir nichts anziehen?, fragte Maja.

Wozu?, antwortete Fini. Vielleicht zieht die Luft das Fieber raus, mach das Fenster auf.

Deck dich wenigstens zu, sagte Maja, bitte. Und Fini drehte sich auf die Seite, zog die Decke bis über die Oberschenkel hoch. Dann murmelte sie noch etwas, danke vielleicht, aber Maja war sich nicht sicher, sie schlief ein wie ein kleines Kind, von einem Moment auf den anderen.

Aus dem unteren Stockwerk hört Maja ein Surren, die Brotmaschine vielleicht. Sie kniet sich auf den Dielenboden, schiebt mit der Hand einzelne Haare zusammen, steckt sie in einen Plastiksack. Die schöne Fini, wie sie jetzt daliegt. Sie hätte Lust gehabt zu sagen, bald bist du wieder gesund, dann gehen wir nach draußen, zum Bach, legen uns in die Sonne, es ist noch nichts verloren, die warmen Tage kommen erst. Sie hätte Lust, mit ihr durch den Wald zu streifen, ihr dabei zuzusehen, wie sie umständlich auf den Felsen klettert, in ihren roten Sandalen, in denen man eigentlich nicht gehen kann. Sie hätte Lust, den warmen Stein unter sich zu spüren, Finis Atem neben sich zu hören, ihre Hand zu nehmen, ihr ins Ohr zu flüstern, hör zu, ich möchte dir etwas erzählen. Fini nicht anzusehen dabei, in den Himmel zu schauen und zu tun, als rede sie mit sich selbst. Über Marek, über die Kiste mit dem Flickenteppich, über die schmale Eckbank vor dem Fenster, an dem die Sträucher aus dem

Garten kratzen, über die Tiere aus Glas, die er ihr zum Geburtstag geschenkt hat. Darüber, dass sie sie am liebsten stehen gelassen hätte. Dann geh doch einfach nicht mehr hin, hätte Fini gesagt, es zwingt dich niemand.

Maja stellt den Sack neben die Tür, hört noch einmal auf Finis Atem, geht leise zu ihrem Bett, deckt sie richtig zu, schließt das Fenster.

Sie haben sich geschminkt, einfach so. Dicken schwarzen Lidstrich und Lippenstift aufgetragen, Maja hat Fini die Wimpern getuscht, ihr Rouge auf die Wangen getupft. Ihre heiße Haut unter Majas Fingern, ihre heiße, blasse Haut. Sie schauen abwechselnd in den Handspiegel und Fini sagt, jetzt hat der Arzt wenigstens etwas zum Anschauen. Und dann erzählt sie Maja, dass die Mutter in der Nacht durch das Haus schleiche, dabei vor sich hinmurmle. Und dass sie sich Sorgen mache und niemanden mehr zum Reden habe, jetzt, wo Erich weg sei.

Aber sie hat doch dich, sagt Maja und versucht, sich Finis Mutter im Nachthemd vorzustellen, barfuß, wie sie von Zimmer zu Zimmer geht, vielleicht am frisch gebackenen Brot riecht, das bestickte Geschirrtuch wieder sorgfältig darüber breitet, wie sie ihre Hände aneinander reibt, aus dem Fenster in den dunklen Garten schaut. In ihrer Vorstellung hat Finis Mutter das Gesicht ihrer Tante. Und ihre Hände. Die Tante schleicht durchs Haus und riecht verstohlen am Brot, bricht ein Stückchen ab, steckt es sich schnell in den Mund. Es schmilzt auf ihrer Zunge, so frisch ist es. Sie schluckt, redet leise vor sich hin, Sätze, die tagsüber ungesagt bleiben, die Maja nicht hören soll, zieht ihre Strickjacke zurecht, bleibt vor den Bildern im Wohnzimmer stehen, sieht sich die Familie an: Fini, Erich, die Mutter, wie sie lachen, wie sie sich umarmen.

Maja will kein Bild gelingen, das zu Finis Mutter passt.

Finis Mutter klopft jedes Mal, bevor sie das Zimmer betritt. Ihre Schritte kündigen ihr Kommen an, das Klappern der Holzpantoffeln unten im Flur, im rhythmischen Wechsel auf den Stufen. Die Mutter streicht Fini übers Haar, spricht leise mit ihr, weil Maja dabeisteht und nichts davon hören soll. Die Glashaut, die sich in solchen Momenten um die beiden spannt, die Glashaut, die Maja von Fini trennt. Wie es sich anfühlen muss, den Mund der Mutter so nah am Ohr, ihren Atem, sodass sich die

Härchen aufstellen, die Härchen am Ohr und im Nacken und an den Armen.

Fini rollt mit den Augen, wenn sich ihre Blicke treffen, und drückt die Hand der Mutter, bevor sie sie von ihren Schultern schiebt.

Die kopierten Zettel liegen durcheinander auf Finis Schreibtisch.

Ich kann nicht lernen, sagt sie, die Buchstaben tanzen vor meinen Augen, schau, so. Und sie steigt aus dem Bett, fegt mit einer kräftigen Bewegung Zettel, Hefte, Bücher vom Schreibtisch, nimmt Majas Hände und wirbelt mit ihr durchs Zimmer.

Ich kann nicht lernen, ich kann nicht lesen, ruft sie, wie schade, und sie lacht dabei. Maja versucht, sich aus ihrem Griff zu lösen, aber Fini packt sie schnell um die Taille und lässt nicht mehr los, bis Maja ruft, hör auf damit, leg dich wieder hin.

Fini setzt sich aufs Bett, klopft mit der Hand auf ihre Matratze.

Komm her, setz dich zu mir, sagt sie. Oder nein, kannst du zuerst noch die Musik einschalten?

Maja drückt den Knopf am Recorder, Fini tut, als spielte sie die Gitarre, singt dann mit ihrer heiseren Stimme mit.

Was wird nur aus uns werden?, fragt sie, lacht.

Was ist los mit dir?, fragt Maja, beruhige dich, du hast Fieber, leg dich hin. Sie packt Fini an den Schultern, drückt sie auf die Matratze, spürt den Widerstand rasch aus Finis Körper weichen. Fini dreht ihr Gesicht zur Wand.

Was hat der Arzt gesagt?, fragt Maja, weiß er endlich, was du hast?

Fini rührt sich nicht, erst nach einer Weile bewegt sie den Kopf langsam hin und her, ein Kopfschütteln im Liegen.

Schlaf ein bisschen, sagt Maja, ich hole deine Mutter. Maja bleibt noch einen Moment auf dem Bett sitzen, aber Fini sagt nichts mehr, hält die Augen geschlossen. Maja steht auf, geht die Holztreppe hinunter, um Finis Mutter Bescheid zu geben. Gemeinsam kommen sie zurück, die Mutter fühlt Fini die Stirn, fragt Maja, ob sie noch ein Stück Kuchen mitnehmen wolle, bedankt sich für ihr Kommen. Danke, sagt sie, das ist sehr wichtig für Fini.

Abwarten, hat der Arzt gemeint, doch nach ein paar Wochen steht Finis Mutter vor der Schule und sagt zu Maja, sie brauche nicht mehr für ihre Tochter mitzuschreiben, das Jahr sei jetzt nicht mehr aufzuholen.

Maja bringt trotzdem die Hausaufgaben, jeden zweiten Tag, seit Wochen schon. Sieht zu, wie der Haufen auf ihrem Schreibtisch größer, wie ihre Freundin dünner wird, wie ihr die Haare ausgehen, wie durchscheinend ihre Haut wirkt. Es wird ihr nichts mehr passen, wenn sie wieder gesund ist.

Wenn ich wieder gesund bin, hat Fini gesagt, möchte ich ganz neu aussehen, neue Frisur, neue Kleider, ich schenke dir meine Kleider, Hosen, Blusen, such dir was aus, ich schenke dir alles.

Maja hatte sich geschämt, als Fini im letzten Herbst in der abgerissenen kurzen Hose und in Netzstrümpfen aus der Toilette gekommen war. Fini hatte sich geschminkt, die Haare hochgesteckt, die Kleidung, in der sie losgefahren war, in die Handtasche gestopft. Sie sah älter aus, wie zwanzig, blieb neben der Tür stehen und wartete darauf, dass Maja auf sie zukäme.

So können wir doch nicht gehen, hatte Maja gemeint.

Warum nicht, es kennt uns ja niemand, hatte Fini geantwortet. Sie presste ihre Lippen aufeinander, um den Lippenstift besser zu verteilen, zog Maja an sich heran, drückte ihr einen Kuss auf die Wange. Hübsch, sagte sie. Maja wischte den roten Abdruck weg, sie wollte einen schönen Tag verbringen, Eis essen, die Auslagen der Geschäfte anschauen, eine Runde durch den Park gehen. Und jetzt das, jeder würde sich nach Fini umdrehen und damit nach ihr.

Sei kein Spielverderber, meinte Fini, komm! Sie nahm Maja an der Hand, zog sie nach draußen. Auf der rechten Seite des Stadtplatzes lärmte eine Gruppe von Leuten, sie hielten Transparente in die Höhe, schlugen auf Trommeln, einige von ihnen saßen im Kreis auf dem Boden. Als Maja versuchte, die Wörter auf den Transparenten zu entziffern, wurde sie von einer jungen Frau angerempelt. Sie drückte ihr ein Flugblatt in die Hand, redete auf Maja ein, deutete auf die Bäume in der Mitte des Platzes. Fini ließ Majas Hand los, stellte sich vor das Schaufenster einer Buchhandlung, tat interessiert, strich sich verstohlen über die Hüften, schaute über ihre Schulter hinweg zu Maja und zu der jungen Frau.

In welche Richtung?, fragte Fini, als Maja neben sie trat und mit den Fingerknöcheln im Rhythmus der Trommeln an die Schaufensterscheibe klopfte.

Mittags gingen sie in ein chinesisches Restaurant, das hatten sie sich gegenseitig zum Geburtstag geschenkt. Sie standen unsicher vor dem Buffet, beschlossen, von allem etwas zu nehmen, balancierten die übervollen Teller zu ihrem Tisch. Etwas braune Sauce schwappte über Majas Tellerrand, tropfte auf ihren Schuh. Maja stellte den Teller auf das weiße Tischtuch, bückte sich, tupfte den Schuh mit einem Zipfel der Stoffserviette ab. Sauce und Straßenschmutz auf dem weißen Stoff, Maja faltete die Serviette so zusammen, dass man den Fleck nicht sah, klemmte sie unter ihren Teller.

Nein, so musst du es machen, sagte Fini, breitete ihre Serviette auf dem Schoß aus, nahm die Stäbchen aus der Papierhülle, versuchte, gebratene Nudeln aufzuwickeln.

Am Nebentisch saß ein Ehepaar, die Frau löffelte eine Suppe, schweigend, der Mann drehte seinen Kopf zur Seite, musterte Fini.

Gut, sagte Fini, ohne seine Blicke zu bemerken, was meinst du?

Maja nickte, sah schnell weg, als der Mann merkte, dass sie ihn beobachtete. Es würde ihr Tag werden, der nachgefeierte Geburtstag, keine Besorgungen, die für die Tante gemacht werden mussten, keine schwere Einkaufstasche, die an ihrem Arm zog. Sie würden in den letzten Bus steigen, das neu gekaufte Halstuch, die lange Holzperlenkette aus dem knisternden Zellophanpapier nehmen, ins schwache Licht halten. Halstuch und Kette um den

Hals legen, tauschen, wieder zurücktauschen. Sich ausmalen, wie es wäre, nicht ins Dorf zurückzufahren, sich in ein anderes Bett zu legen, andere Straßen entlangzugehen, vielleicht in einer großen Stadt.

Sie verpassten den Bus, weil sie sich die Abfahrtszeiten nicht richtig gemerkt hatten. Nebeneinander saßen sie auf der Gehsteigkante an der verlassenen Haltestelle, wunderten sich, dass sie die einzigen Fahrgäste sein sollten, wurden unruhig, als der Bus nicht kam. Nach zehn Minuten stand Fini auf, ging zur Anschlagstafel, fluchte.

Was ist?, fragte Maja, obwohl sie genau wusste, dass kein Bus mehr kommen würde, sag schon, was ist?

Die Geschäfte hatten die Rollläden bereits heruntergelassen, ein Taxi fuhr an ihnen vorbei, vollbesetzt mit schön gekleideten Leuten.

Wie viel Geld hast du noch?, fragte Fini, und Maja nahm ihre Geldtasche heraus, zählte nach, es reichte bei weitem nicht für ein Taxi.

Und du? Fini hatte nur noch ein paar Münzen, das Geld für den Bus.

Wir gehen, sagte Maja, lass uns gehen, wir können hier nichts machen.

Fini öffnete ihre Tasche, nahm den zerdrückten Rock heraus, zog ihn über die kurze Hose, mitten auf der Straße, aber es war ohnehin niemand zu sehen. Unter dem Stoff fummelte sie umständlich herum, um sich die Hose auszuziehen, die Netzstrümpfe behielt sie an. Strähnen hingen aus ihrem hochgesteckten Haar, vom Lippenstift war nichts mehr zu sehen.

Auf diesen Schuhen? Wir werden mindestens drei Stunden gehen, sagte sie zu Maja.

Haben wir eine Wahl, sagte Maja.

Die Landstraße war dunkel, sie gingen hintereinander am Straßenrand. Sahen Lichter auf sie zukommen, einige Autos, ein Motorrad.

Was, wenn uns jemand mitnehmen will?, fragte Fini.

Ich weiß nicht, sagte Maja. Ihre Füße taten weh, obwohl sie flache Schuhe anhatte. Fini klagte nicht, aber sie musste Blasen haben, es war gar nicht anders möglich.

Wenn wir ihn kennen, ja, sagte Maja.

Fini sagte nichts. Nur das Geräusch der Absätze auf dem Asphalt. Dann ein Motorengeräusch von hinten, die Katzenaugen auf den Leitpfosten leuchteten auf. Fini drehte sich um, streckte ihren Arm aus, den Daumen nach oben.

Ein Kleinlaster fuhr vorbei, setzte den Blinker, blieb stehen, eine fremde Nummerntafel.

Nicht, zischte Maja, doch die Tür auf der Beifahrerseite ging bereits auf. Fini lief voraus, Maja sah, wie sie mit dem Fahrer redete, dann drehte sie sich zu Maja um, winkte sie zu sich heran und Maja glaubte zu erkennen, dass sie lachte.

Die Tante schimpfte nicht, als Maja nach Hause kam. Sie schickte sie ins Bad. Maja wusch sich den Tag von der Haut, die Stadtluft, den Zigarettengeruch aus dem Lastauto. Als sie im Bett lag, dachte sie an den Fahrer. An Fini, die ununterbrochen geredet hatte. An die leise Musik aus dem Autoradio. An die Scheinwerferkegel auf dem Asphalt. Daran, dass ebenso gut eine Frau hätte hinter dem Steuer sitzen können oder ein Ehepaar. Dass es aber ein junger Mann gewesen war. Dass er ihnen nichts getan hatte. Dass er zuerst Fini, dann sie vor das Haus gefahren und so lange gewartet hatte, bis die Tür aufgegangen war.

Weißt du noch?, fragt Fini, das mit Erich?

Maja nickt, natürlich weiß sie, aber sie denkt nicht gern an den Schuppen im Wald, in den Finis Bruder mit einem Mädchen aus der Stadt verschwunden war. Was wollen die denn hier, hatte Fini gesagt, komm, das muss ich sehen. Und sie hatte Maja an der Hand gepackt und hinter sich hergezogen zum Schuppen hin, die Tür war nur angelehnt gewesen und Maja hatte genau in Erichs verschwitztes Gesicht gesehen. Sie hielt den Atem an, schaute, schaute weg, machte ein paar vorsichtige Schritte zurück, dann drehte sie sich um und rannte davon, in den Wald hinein, zerkratzte sich Arme und Beine an den Zweigen, erreichte endlich den schmalen Weg am Bach, lief weiter. Am Geländewagen des Försters unten am Damm vorbei, dann zur Wiese hinter dem Haus ihrer Tante. Maja warf sich ins Gras, eine Wange auf der Erde, stachlige Halme um sie herum, die Wiese nach dem Mähen, sie atmete ihren Duft ein und den Geruch der Erde, schaute die Grashalme an, eine Ameise, zwei, einen Schmetterling, einen Käfer, Insekten, die ungestört durchs Gras krochen. Erich und das Mädchen aus der Stadt.

Am Montag in der Schule wollte Fini wissen, warum Maja davongerannt sei. Ist doch ganz natürlich, hatte sie gemeint, macht doch jeder irgendwann. Und dass Erich kurz aufgeschaut habe, als Fini weggegangen sei, aber er habe wohl nichts gesehen, habe einfach weitergemacht. Und dass es schon wieder aus sei mit den beiden, ihr Bruder habe kein Glück mit den Mädchen, er sei bereits gestern Abend mit ernster Miene am Tisch gesessen, habe gesagt, er werde jetzt auch an den Wochenenden arbeiten und eine Weile nicht mehr zu Besuch kommen.

Der Tag, an dem Maja und Fini vor der verschlossenen Haustür gestanden sind. Es hatte geregnet und sie waren auf den Stufen unter dem kleinen Vordach gesessen, eng aneinandergekauert, weil der Wind den Regen unters Dach trieb. Majas Tante war in der Stadt und die beiden Mädchen hätten nach der Schule bei Finis Mutter essen sollen, dann lesen und rechnen und lernen, zur Belohnung die kleinen Kaninchen streicheln, heimlich die Hühner jagen.

Nach Stunden kam Finis Mutter, ging aufrecht, als hätte man an ihren Rücken einen Stock gebunden, den Blick starr geradeaus gerichtet. Die Mädchen sprangen auf, Fini lief ein paar Schritte auf ihre Mutter zu, stoppte plötzlich, als sei da eine unsichtbare Hand, die sie davon abhielt, ihr um den Hals zu fallen.

Sie haben deinen Vater gefunden, sagte die Mutter ohne stehenzubleiben, zog den Hausschlüssel aus ihrer Manteltasche, sperrte die Tür auf, ging voraus, an der Küche vorbei, geradewegs nach oben. Auf der letzten Treppenstufe drehte sie sich um.

Ich mache euch später etwas zu essen, geht spielen.

Die Mädchen hörten ihre Schritte im oberen Stock, sie lief auf und ab in einem der Zimmer. Fini ging in die Stube, setzte sich neben den Ofen auf den Boden, legte ihr Kinn auf die Knie, die Arme um den Kopf, still saß sie da, und Maja blieb mitten im Raum stehen, ratlos, sie verstand nicht, was passiert war, Fini hatte doch gar keinen Vater.

Fini sitzt auf dem Bett und lacht. Sie hat rote Flecken am Hals, aber sie sitzt da und lacht, weil ihr Maja einen Satz vorgelesen hat. Maja hat ein Stück Papier aus der Hosentasche gezogen. Hör zu, hat sie gesagt, mir ist ein Satz eingefallen, ich habe ihn aufgeschrieben, hör zu. Und sie hat ihn vorgelesen und Fini lacht.

Maja faltet den Zettel ganz klein zusammen, steckt ihn wieder ein.

Sei nicht beleidigt, sagt Fini.

Bin ich nicht, sagt Maja.

Zu Marek hatte sie gesagt, Fini sei krank, was auch stimmte, sie bringe ihr Unterlagen von der Schule, zeige ihr, was zu machen sei. Er hatte nach Erich gefragt, ob Maja wisse, wie es ihm gehe. Warum Erich?, hatte Maja gefragt, ich weiß nicht, ich besuche Fini, nicht ihn.

Eines von Finis Kleidern schmiegt sich an Majas Körper, Fini bürstet ihr die Haare.

Mit hundert Bürstenstrichen verteilst du das Fett im Haar, darum glänzt es, sagt Fini.

Lass es gut sein, sagt Maja. Sie nimmt Fini die Bürste aus der Hand, bindet ihr Haar zu einem Pferdeschwanz, dreht sich vor dem großen Spiegel. Der blaue Stoff schwingt um ihre Beine. An Fini hatte das Kleid kürzer ausgesehen, ihre Knie waren nicht bedeckt gewesen an dem Tag, als sie mit der Klasse ins Theater gefahren waren, daran erinnert sie sich genau. Im Bus hatte Fini den Rock hochgezogen und Maja den darunter verborgenen Unterrock aus schwarzer Spitze gezeigt. Maja hatte das feine Lochmuster bewundert, sie hatte es über ihre Hand gleiten lassen. Als die Buben anfingen, ihre Sitzplätze zu wechseln, zog Fini das Kleid wieder über die Schenkel, legte die Beine übereinander, zupfte am blauen Stoff herum, bis genau so viel Spitze hervorschaute, dass es wie zufällig aussah. Der Sitzplatztausch nahm ein schnelles Ende, als die mahnenden Worte des Lehrers durch die Reihen drangen, aber Fini blieb so sitzen, bis sie vor dem Theater angekommen waren.

Maja zog ihre weiße Bluse aus dem Hosenbund, öffnete den obersten Knopf. Sie war die einzige in weißer Bluse und schwarzer Hose. Weiße Bluse, schwarze Hose, alle werden so kommen, hatte die Tante gemeint, anders kommen so junge Dinger wie ihr gar nicht ins Theater hinein.

Vor Maja schwangen kurze geblümte Röcke, Chiffonkleidchen, die weit über dem Knie endeten. Zwei Mädchen waren sogar in Jeans gekommen, in Jeans und hohen Schuhen.

Im Stiegenaufgang war Fini ein paar Schritte zurückgeblieben, und Maja war nicht sicher, ob es Absicht war, ob sie es darauf anlegte, zwischen zwei Jungen zu sitzen zu kommen. Bevor das Licht ausging, hob sie entschuldigend die Schultern, deutete etwas mit der Hand, was Maja nicht verstand, legte die Beine übereinander. Das Mädchen neben Maja beugte sich nach vorn, tuschelte mit jemandem aus der vorderen Reihe, ein Kichern setzte ein, pflanzte sich fort durch die Sitzreihen und Maja war froh, als die Aufführung begann.

Fini hat sich angezogen, eine Hose, Pullover, dicke Socken. Frisch gewaschen ist sie am Arm ihrer Mutter ins Zimmer gekommen, in dem Maja gewartet hat. Blass, aber sie hat gelacht.

Schaum bis zum Kinn, hat sie gerufen, weißt du, wie sich das anfühlt, ein Bad nach so langer Zeit?

Sie hat ihrer Mutter das Nachthemd wieder in die Hand gedrückt, nein, hat sie gesagt, heute ziehe ich mich richtig an. Und dann hat sie ihre Mutter aus dem Zimmer geschoben und Maja gebeten, ihre Haare zu trocknen, ihr die Augenbrauen zu zupfen und mit dem Lidstrich zu helfen.

Alles wird gut, sagt sie und schiebt einen Stuhl ans offene Fenster. Sie umklammert die Lehne mit beiden Händen, stellt einen Fuß auf die Sitzfläche, verliert beinahe das Gleichgewicht.

Pass auf!, ruft Maja und reicht ihr die Hand.

Hilf mir, sagt Fini und deutet auf das Fensterbrett.

Wie leicht sie ist, denkt Maja, als sie Fini stützt und sich neben sie setzt, und wie blass noch.

Maja nimmt die Hand ihrer Freundin, als würde sie sie begrüßen, hält sie fest. Die Frühsommersonne scheint den Mädchen ins Gesicht, sie hören die Traktoren auf den Feldern, den Postbus, der am Umkehrplatz den Motor abstellt.

Schau, Erich kommt, sagt Fini, Mutter hat gar nichts gesagt. Die schweren Arbeiten kann sie nicht mehr machen. Sie ruft Erich an, die lange Fahrt, sagt sie immer, aber er kommt, bleibt über das Wochenende, hilft ihr mit den Steinplatten, mit dem Gartenzaun, mit dem Dach des Hühnerstalls.

Erich sieht die Mädchen, winkt zu ihnen hinauf.

Passt nur auf, ruft er, dann umarmt er seine Mutter, die den Spaten in der Erde stecken lässt und ihre schwarzen Finger an der Schürze abwischt. Erichs breiter Rücken, seine großen Hände, die Kraft, die er jetzt nicht mehr braucht.

Einen guten Beruf hat mein Sohn, erzählt die Mutter stolz, er muss sich nicht mehr schmutzig machen, er bestimmt für sich, wann er seinen Laden aufsperrt und wann er nach Hause geht. Und sie denkt sich, dass es richtig war, die beiden Kinder allein aufzuziehen und die Geschichten auszuhalten, die sich um die Väter rankten, ohnehin waren sie alle nicht wahr.

Mein Sohn, sagt sie also. Und die Leute beglückwünschen die Mutter zu Erich, doch im Umdrehen schon tuscheln sie, dieser Tagedieb, der mit seiner Teufelsmusik das ganze Dorf aufgeschreckt hat, das kann nicht mit rechten Dingen zugegangen sein, dass es so einer zu etwas bringt. Aber die Tochter, flüstern sie, aus der wird nichts, seht sie euch nur an. Sie flüstern, aber Maja hört es, jeder hört es.

Die warmen Tage, es wird sich ausgehen, wir kommen dieses Jahr noch an den Bach, sagt Fini.

Ja, sagt Maja, ich glaube auch.

Es ist still, nicht einmal Finis Atem ist zu hören. Maja schließt die letzten Knöpfe, sie hat sich das grüne ausgesucht. Kleid für Kleid hat sie aus Finis Schrank herausgenommen, den Stoff befühlt, es ins Licht gehalten und an den eigenen Körper. Die grüne Seide schmiegt sich kühl an Majas Haut. Sie riecht nach Finis Seife und ein bisschen nach Parfum. An Feiertagen darf Fini das Parfum ihrer Mutter verwenden, es hat sich im Stoff festgesetzt.

Finis grünes Kleid, Weihnachtskleid, Osterkleid, Geburtstagskleid. Sie hat es nie draußen getragen, Maja kennt es nur von den Fotos, die unten in der Stube hängen.

Maja dreht sich vor dem Spiegel, es passt. Sie löst ihren Zopf, betrachtet sich im Halbprofil, stellt sich auf die Zehenspitzen. Rote hohe Schuhe dazu, dann wäre es perfekt.

Warum trägst du es nicht auch draußen, würde Maja gern fragen. Stattdessen schließt sie die Schranktüren, stellt sich ans Fenster.

Finis Mutter hat die Erde auf dem Beet verteilt, eine Reihe Kartoffeln hat sie bereits gesetzt. Sie nimmt eine Knolle aus der Schürze, halbiert sie mit dem rostigen Gartenmesser, legt die zwei Hälften in die dunkle Furche. Häuft mit den Händen Erde darüber, klopft sie ein wenig fest. Wie sehr ihr Fini ähnelt, denkt Maja, die schmalen Schultern, die schmalen Hüften. Die Art, wie sie den Kopf hält, als sie vorsichtig über die Furchen hinweg zum kleinen Kartoffelhaufen neben dem Beet steigt und eine weitere Handvoll Knollen in die hochgehaltene Schürze legt. Wie Fini, wenn sie in der Schule durch die Bankreihen nach vorne zur Tafel geht oder zum Waschbecken, um sich Tinte von den Fingern zu spülen.

Die Mutter wischt sich ihre Finger an der Schürze ab, greift nach einer Haarsträhne, steckt sie unter ihr Kopftuch, dessen Enden sie im Nacken zusammengeknotet hat, schaut die Straße hinunter, bevor sie wieder ins Beet steigt.

Maja sieht Marek um die Ecke biegen, sie überlegt, ob sie sich zu Fini aufs Bett setzen soll, aber dann bleibt sie doch am Fenster stehen, legt ihre rechte Hand auf das Fensterbrett, bereit, ihm einen Gruß zuzuwinken. Doch Marek schaut nicht hinauf, er ruft Finis Mutter ein paar Worte zu, sie kommt an den Zaun, blickt sich um, während sie miteinander reden. Ihre Hände auf dem Gartenzaun und Mareks Hände neben ihren. Marek lässt sie nicht aus den Augen, hört ihr zu, hebt seine Hand, dreht sich um, sagt noch etwas im Gehen. Finis Mutter schaut ihm nach, einen Augenblick lang, dann geht sie zum Kartoffelhaufen, lässt die Knollen aus ihrer Schürze auf den Haufen fallen, ruft nach Erich, geht hinters Haus. Vielleicht sucht er im Schuppen nach passenden Brettern für den

Hühnerstall, vielleicht sitzt er neben dem gestapelten Brennholz und raucht.

Erich, vorhin hat er eine Augenbraue hochgezogen, ihr zugezwinkert, als Fini und sie an ihm vorbeigegangen waren. Schritt für Schritt hatte Fini ins Gras gesetzt, den Arm der Freundin immer in Reichweite. Erich in der blauen Arbeitshose, er hatte geraucht, die Kippe in die Hecke geworfen, prüfend an der Leiter gerüttelt, die an die Hausmauer gelehnt war. Maja rechnete nach. Was sind schon sieben Jahre, dachte sie insgeheim. Fini nickte dem Bruder kurz zu, ließ sich in ihrer Erzählung nicht stören, sprach über den Lehrer, der anscheinend, nein, ganz sicher, sie kenne jemanden, der es bezeugen könne, der also in der Stadt mit einem anderen Mann gesehen worden sei. Als sie gerade in ein ganz bestimmtes Lokal hineingingen. Kannst du dir das vorstellen, fragte Fini, er ist doch Lehrer. Maja wollte nicht an den Lehrer denken.

Im Garten ist es ruhig, Maja schließt die Augen, denkt an Erich, stellt sich vor, dass er an der Haustür ihrer Tante klopft, als sie gerade dabei ist, ins Bett zu gehen. Dass Erich mit ihrer Tante redet, dass die Tante sagt, nun gut, aber kurz, dass die Tante nach ihr ruft. Dass sie rasch die Treppe hinunterläuft, die Tür hinter sich zuschlägt und Erich zwischen die Haselnusssträucher zieht, die vom Haus aus nicht zu sehen sind.

Maja dreht sich vom Fenster weg, nimmt ein paar Haarspangen vom Tisch, stellt sich wieder vor den Spiegel. Sie nimmt ihre Arme hoch, dreht die Haare im Nacken zusammen, lässt sie doch fallen, zieht einen geraden Scheitel, bindet die Haare zu einem Knoten, steckt ihn fest. Sie betrachtet ihr Spiegelbild, zieht die Schultern nach unten, hebt ihr Kinn ein bisschen an.

Da hört sie Schritte auf der Treppe, sie blickt zur Zimmertür, sieht sich Finis Mutter gegenüber.

Ihre Gartenschürze hat sie abgelegt, das Kopftuch ebenso, ihre Wangen sind rot von der Sonne. Sie bleibt einen Moment auf der Türschwelle stehen, schaut von Maja zu Finis Bett und wieder zurück, streicht mit beiden Händen über den Rock. Ihr Blick bleibt am Sack mit den Haaren hängen, aber sie sagt nichts, geht zu ihrer Tochter, berührt sie an der Schulter.

Wach auf, sagt sie, es ist Abend, Maja muss nach Hause.

V.
Saure Milch

Die Milch ist sauer geworden, obwohl sie die ganze Zeit im Kühlschrank war. Maja schüttet den Kaffee weg, weiße Flocken bleiben am Boden der Spüle zurück, sie dreht den Wasserhahn auf, lässt die Kaffeetasse vollaufen, verteilt Wasser in der Spüle, bis nichts mehr zu sehen ist.

Dann eben Tee, sagt sie zu Erich, dreht sich um, sein Stuhl ist leer, er ist aus der Küche gegangen, ohne etwas zu sagen. Geschlichen ist er, er schleicht immer, ist plötzlich weg oder taucht unerwartet neben Maja auf. Anfangs ist sie noch erschrocken, ihr Zusammenzucken hat Erich belustigt. Ich wohne hier, hat er lachend gesagt, wer soll es denn sonst sein. Ja, wer soll es denn sonst sein, hat Maja gedacht, aber sie mag es nicht, wenn er plötzlich neben ihr steht oder hinter ihr, in ihren Nacken atmet oder an der Türschwelle wartet, bis sie seinen Blick und seine Anwesenheit bemerkt.

Die Milch ist sauer, ruft Maja, ich mache Tee.

Sie stellt das Wasser auf, geht ins Wohnzimmer, ins Schlafzimmer, auf den Balkon, dort steht Erich und raucht.

Warum sagst du nichts, fragt sie.

Ich habe dich nicht gehört, sagt er.

Die Milch ist sauer, ich mache Tee, sagt sie und Erich nickt.

Dann eben Tee.

Maja greift nach der Zigarettenschachtel, lässt sie dann doch liegen. Das Thermometer zeigt 25 Grad, dabei ist es noch nicht einmal neun Uhr. Ein scharfer Schatten teilt den Boden des Balkons. Maja stellt ihre bloßen Füße in die Sonne, macht dann einen Schritt zurück auf die noch kühlen Fliesen, lehnt sich an die Betonmauer. Von oben tropft Wasser herunter, es tropft an Majas Balkonblumen vorbei.

Die Nachbarin gießt die Blumen, sagt Maja.

Ja, sagt Erich.

Ich muss auch gießen, sagt Maja, zupft ein paar Blätter ab und sammelt sie in ihrer linken Hand. Auf der Straße ist nichts los, die Leute mit den Hunden sind schon wieder zu Hause, die Kinder spielen in den Hinterhöfen oder sind auf dem Weg ins Schwimmbad, nicht einmal ein Auto kommt vorbei. Maja streut die vertrockneten Blütenblätter in den Aschenbecher, geht auf die andere Seite des Balkons zu den Kräutertöpfen, fährt mit der Hand über ihren Zitronenthymian, riecht an der Hand, reibt Lavendel zwischen den Fingerspitzen, hält die Finger Erich hin.

Wir sollten weniger rauchen, sagt sie.

Mmh, sagt Erich.

Er drückt die Zigarette aus, holt eine neue aus der Schachtel, hält die Schachtel Maja hin. Maja schüttelt den Kopf, schaut an Erich vorbei. Ein blauer Himmel, keine einzige Wolke, ein Tag, um an den Waldsee zu fahren, denkt sie, die Füße ins eiskalte Wasser zu halten wie in jenem Sommer, der kein Ende nehmen wollte. Tag für Tag hatte sich ein blauer Himmel über die Häuser gespannt und sie hatten sich jedes Wochenende ins Auto gesetzt, eine Decke, Äpfel und zwei Flaschen Wasser auf der Rückbank, sie hatten sich gesonnt und Steine ins Wasser geworfen, über die Leute den Kopf geschüttelt, die trotz der Hitze ihre Runden liefen, anstatt sich ans Ufer zu legen und zu reden und Äpfel zu essen.

Maja streicht Erich über den Arm. Hinter sich hat er schon seine Zeitschriften bereitgelegt, den Klappstuhl in den Schatten geschoben, die beiden Basilikumstöcke vom Blumenregal auf den Boden gestellt, um Platz zu machen für den Aschenbecher und sein Bier. Wie zufrieden er dasteht in seiner kurzen, gestreiften Baumwollhose, dem Totenkopf-T-Shirt, das er nur mehr zum Schlafen trägt. Wie er früher das ganze Dorf aufgebracht hat, wenn er sonntags um acht nach Hause ging, an der Kirche vorbei. Die alten Frauen hielten sich Taschentücher vor Nase und Mund, wenn sie ihn kommen sahen, als gälte es, den Teufel daran zu hindern, mit ihren Atemzügen in ihre Körper zu gelangen. Dabei war Erich höflich, er wich den Damen aus, torkelte nicht, ging zügig mit großen Schritten, als wäre er eben aufgestanden, grüßte die Entgegenkommenden, Sonntag für Sonntag, obwohl nie ein Gruß zurückkam. Majas Tante war nicht oft in die Kirche gegangen, aber regelmäßig hatte sie von Erich erzählt und davon, dass endlich jemand diesem Burschen den Kopf zurechtrücken müsse. Und dass die Mutter überfordert sei mit den Kindern, die würden machen, was sie wollten. Heimlich hatte Maja Erich bewundert und ein paar Mal war sie mit der Tante mitgegangen, nur um Erich zu sehen. Wird schon nicht die Kirche einstürzen, wenn du drin sitzt, hatte die Tante gesagt, und dass es nicht schaden könne, ein bisschen mitzubeten, wer weiß, vielleicht könne man es doch brauchen, eines Tages.

Aus einem offenen Fenster hört man Radiomusik, Maja zerbröselt Erde zwischen ihren Fingern. Sie wird den Thymian abschneiden und im Winter Tee daraus machen und dann, während sie die Hände um die Tasse legt, an die Wärme des Sommers denken, daran, wie es sich anfühlt, barfuß auf dem Balkon zu stehen und dem Gießwasser zuzusehen, das in dicken Tropfen an ihren Blumen vorbei auf den dunklen Asphalt fällt.

Ich gehe wieder in die Küche, sagt Maja, kommst du dann?

Ja, sagt Erich, gleich.

Im Flur stehen noch Flaschen herum, sie muss Erich noch einmal darum bitten, am Getränkemarkt vorbeizufahren. Maja hebt einen Korken auf, blickt kurz in den Spiegel, hört das Teewasser kochen, wirft den Korken in den Mülleimer und nimmt die Teekanne vom Regal. Die Kanne hat sie von Fini.

Wenn schon keine Hochzeit, dann wenigstens etwas, was euch beiden gemeinsam gehört, hatte sie gesagt und Erichs und Majas Hand genommen, eine neben der anderen mit der Handfläche nach oben auf den Tisch gelegt. Augen zu, hatte sie gerufen, und im nächsten Moment hatte Maja das kühle Porzellan gespürt und Fini hatte zuerst sie umarmt und dann Erich. Dass ihr ja zusammenbleibt, hatte sie gemeint, auf meiner Hochzeit will ich euch alle beide sehen. Erich hatte geantwortet, dass sie dafür zuerst einmal einen Mann finden müsse, Fini hatte ihn in die Schulter geboxt und dann hatte sie Maja gebeten, sie bald zu besuchen. Komm du doch zu uns, hatte Maja gesagt, du kannst bei uns schlafen, wir gehen gemeinsam aus.

Dieser Anfang. Erichs Erzählungen über die Stadt, über seinen kleinen Laden, über seinen Freund Bert, bei dem sie arbeiten könne. Erichs

Stimme, wenn er mit seiner Mutter sprach, sein gebückter breiter Rücken, wenn er ihr im Garten half. Seine Zähne, die beim Küssen gegen Majas Lippen stießen, sein gleichmäßiger Atem, der die schwere Stille der Nächte vertrieb.

Auf dem Küchentisch liegt Majas Telefon, sie setzt sich, drückt einen Knopf. Keine Nachricht. Sie schneidet eine Scheibe Brot, bestreicht sie mit Butter, beißt ab. Doch mit Honig, denkt sie, taucht den Löffel ins Honigglas, lässt eine goldene Linie auf die Butter rinnen, leckt den Löffel ab, verstreicht den Honig mit dem Buttermesser. Schaut noch einmal aufs Telefon. Nein, wirklich keine Nachricht. Ob sie Bert anrufen soll? Sie könnten gemeinsam an den See fahren, einen Zeitpunkt festlegen, das würde es leichter machen, Erich zu überreden.

Warum willst du immer wegfahren, fragt er jedes Mal, wir haben es doch schön hier.

Maja hört ein Klappern im Flur, Erich durchsucht die Kommodenschublade, dann steht er in der Küche.

Hast du meinen Fotoapparat gesehen, fragt er, und Maja schüttelt den Kopf.

Was willst du denn fotografieren?, fragt sie.

Nichts, ich wollte nur ein Bild suchen.

Ich rufe Bert an, sagt Maja, vielleicht fahren wir an den See.

Ja, fahrt nur, ich bleibe hier, sagt Erich und zieht die Küchenschubladen auf, in denen sie Verlängerungskabel, Ladegeräte, Gummiringe aufbewahren.

Und wenn er keine Zeit hat?, fragt Maja.

Es ist zu heiß, ich bleibe hier, sagt Erich und drückt Maja einen Kuss auf den Mund, beißt von ihrem Brot ab.

Gut, sagt er und verschwindet wieder, ruft etwas aus dem Schlafzimmer, das Maja nicht versteht, wahrscheinlich hat er den Fotoapparat, denkt Maja, aber sie fragt nicht nach, es ist ihr egal.

Sie isst ihr Brot auf, leckt den Honig von ihren Fingern. Dann fällt ihr Blick auf die beiden Bilderrahmen. Sie wollte sie austauschen, die Küche ist kein guter Ort für Fotos, aber Erich will sie nicht im Schlafzimmer haben.

Ein fettiger Film hat sich über Rahmen und Glas gelegt, eine dünne Staubschicht klebt hartnäckig an der Oberfläche, lässt sich nicht mehr abwischen. Maja greift nach einem in Seidenpapier gewickelten Päckchen auf dem Fensterbrett, legt es auf den Tisch, das dünne Papier bleibt an ihren Fingern kleben. Sie hält ihre Hände unter den Wasserhahn, trocknet sie sorgfältig am Geschirrtuch ab, bevor sie die Bilderrahmen von der Wand nimmt und sie vor sich auf die Tischplatte legt. Sie sieht ihre Mutter an, ihre vom Lachen kleinen Augen, sieht sich an als kleines Kind, den dünnen Arm, den sie zu ihrer Mutter hinaufstreckt, damit diese ihre Hand fassen kann. Auf dem anderen Bild ein Haus, Malven, grau in grau schmiegen sich Büsche an die Hausmauer, an die Bretter eigentlich. Im Vordergrund steht ihre Mutter in einem spitzenbesetzten Kleid, vier Jahre alt, sie lacht, hält einen Stock hoch in die Luft. Maja zeichnet mit ihrem Finger die Umrisse des Kindes nach.

Nach einer Weile dreht sie die Fotos um, biegt die Metallklammern auf. Auf der Rückseite des Bildes, das die Mutter vor ihrem Elternhaus zeigt, stehen Jahr und Ort, in verblassten, lateinischen Buchstaben, in der Handschrift ihrer Mutter. Maja nimmt einen Bleistift aus der Tischschublade, schreibt auf die Rückseite des zweiten Fotos. Mama und ich, hier stockt sie, sie weiß kein Datum, keinen Ort. Sie unterstreicht die Wörter, einmal, zweimal, dann packt sie die neuen Bilderrahmen aus, legt die Fotos verkehrt herum auf die Glasscheiben, drückt die Metallklammern zu, hängt die Bilderrahmen an die Wand. Sie zerknüllt das Seidenpapier, wirft es auf den Zeitungsstapel hinter dem Kühlschrank, öffnet die Kühlschranktür, schaut nach, ob noch Obst da ist, stellt sich ans Küchenfenster, kippt es. Die Gardine bewegt sich leicht im Luftzug, ein Fenster vom gegenüberliegenden Haus spiegelt die Sonne, sodass Maja durch den zarten Stoff hindurch geblendet wird.

Dann wird sie den Tag eben allein verbringen, ihren Gedanken nachhängen, keine Fragen beantworten und keine stellen.

Sie gießt kaltes Wasser in ihren Tee, trinkt ihn in großen Zügen aus. Packt Äpfel in einen Rucksack, Badeanzug, Handtuch, eine Wasserflasche, steckt sich im Stehen das letzte Stück Brot in den Mund und ruft Erich zu, dass sie jetzt gehe. Geräuschvoll lässt sie die Tür hinter sich ins Schloss fallen.

Irgendwer hat Prospekte auf die Fußabstreifer gelegt, die Nachbarin aus dem ersten Stock macht immer die Haustür auf, wenn jemand läutet, sie kennt alle Prospektverteiler, den Briefträger sowieso, und wenn jemand nicht zu Hause ist, gibt der Briefträger die Pakete bei der Nachbarin ab. Die freut sich, wenn sie am Abend an den Türen klingeln kann, um sie weiterzugeben. Ihre Augen wandern unruhig hin und her, während sie auf der Schwelle steht, sie schaut, was es Neues gibt in den Wohnungen, ob sie irgendetwas Ungewöhnliches entdeckt, worüber es sich nachzudenken lohnt. Maja hebt die Blätter auf. Nie wieder Auto waschen, rufen Sie mich an steht auf einer billig gemachten Kopie, Werbung für Bier, für einen neuen Kleiderladen. Maja sperrt noch einmal die Tür auf, wirft die Zettel zum Altpapier, Erich sitzt auf dem Balkon und blättert in einer Zeitschrift.

Ich lasse das Telefon hier, ruft sie. Hörst du, ich gehe jetzt!

Erich steht auf, kommt in den Flur.

Du bist immer noch da, sagt er.

Ich gehe jetzt, sagt Maja und legt das Telefon auf das Regal unter dem Spiegel. Wenn sie schon allein ist, will sie ihre Ruhe haben, sie will Fahrrad fahren, bis sie ihren eigenen Puls hört, bis sie nicht mehr kann.

Bis dann, sagt Erich.

Bis dann, sagt Maja. Die Sandalen klappern laut auf den Stufen. Maja krümmt die Zehen, damit die Sohlen nicht so sehr am speckigen Stein aufschlagen. Das Treppenhaus ist kühl, Licht fällt nur von oben herein. Maja drückt im Erdgeschoss den Lichtschalter für den Keller. Die Wände sind feucht, man kann nichts lagern, höchstens Dinge, die man sowieso irgendwann wegwerfen möchte. Ihr Fahrrad stellt Maja trotzdem ins Kellerabteil, es rostet weniger schnell als draußen. Erich lehnt seines wie die meisten Leute im Haus an die Mauer, sperrt es ans Gitter des Kellerfensters. Erichs Fahrradkette ist rostig und jemand hat die Klingel mitgenommen, aber das sei immer noch besser als die Schlepperei über die steilen, zum Teil abgeschlagenen Stufen, meint Erich. Wenn sie gemeinsam nach Hause kommen, geht er immer voraus, sitzt schon in der Küche, wenn sie ein paar Minuten später die Tür hinter sich schließt.

Eine der beiden Glühbirnen ist kaputt, im schlechten Licht stößt Maja mit dem Schienbein an eine umgefallene Leiter, Tränen schießen ihr in die Augen. Sie betastet ihr Bein, es fühlt sich trocken an, kein Blut, aber die Stelle pulsiert, brennt. Sie drückt ihre Hand darauf, das Pulsieren lässt nach. Maja schiebt die Leiter ein Stück auf die Seite, geht zu ihrem Kellerabteil und versucht, den Schlüssel ins Vorhängeschloss zu stecken. Es ist zu dunkel, sie schafft es nicht, tastet nach dem kleinen Schlüsselloch, hält den Fingernagel an die Vertiefung, lässt den Schlüssel am Fingernagel entlang in die Rillen gleiten. Bevor sie ihn herumdreht, bückt sie sich, greift noch einmal nach dem Bein, spürt eine Beule. So schnell geht das, keine Minute und schon wölbt sich die Haut, brennt. Maja tupft Spucke darauf, öffnet dann das Schloss, schiebt das Fahrrad aus dem Kellerabteil. Im Vorderreifen ist kaum noch Luft, Maja muss die Pumpe suchen, findet sie ganz hinten, klemmt sie auf den Gepäckträger, trägt das Rad über die Stufen hinauf, lehnt es an die Wand. Jemand im Haus schlägt eine Tür zu, Maja hört aufgeregte Stimmen, einen Mann und eine Frau, der Streit dringt durch das Stiegenhaus. Seltsam verzerrt, beinahe weich kommen die Sätze bei

Maja an. Noch einmal schlägt die Tür zu, leiser diesmal, einer der beiden kommt die Treppe herunter, der Mann, er grüßt und lächelt, als er an Maja vorbeigeht.

Maja pumpt Luft in den Reifen, denkt, wir sollten weniger rauchen. Irgendetwas stimmt nicht mit dem Satz, sie hätte ihn schon längst vergessen müssen, aber er ist herausgefallen aus den übrigen Sätzen, am Wir hängengeblieben und an der Zukunft.

Wir sollten weniger rauchen, Maja flüstert den Satz vor sich hin, rhythmisch, im Auf und Ab der Pumpe.

Als sie fertig ist, legt sie die Luftpumpe auf den Briefkasten, drückt die schwere Haustür auf, schiebt das Rad auf die Straße.

Die Radiomusik hört man immer noch, ein paar Häuser weiter spielt jemand auf einem Klavier, Tonleitern hinauf und hinunter, fehlerfrei. Ein Instrument zu lernen, das hatte sie sich gewünscht als Kind, Geige oder Klavier, wie die Mädchen in der Schule, die von ihren Eltern einmal in der Woche in den Nachbarort zum Musikunterricht gebracht wurden.

Maja schaut die Straße hinunter, das kleine Lokal am Eck hat schon geöffnet, es sitzt aber noch niemand da. Die Kellnerin wischt mit einem Lappen über die Tische, stellt Aschenbecher auf, klemmt Eiskarten und Preislisten in die Halterungen aus Plexiglas. Der Lokalbesitzer fährt die gestreifte Markise aus, das Kurbeln fällt ihm schwer, er schwitzt. Von den großen Blumentöpfen ziehen Rinnsale über den Gehsteig auf die Straße. Maja steigt auf ihr Rad, grüßt im Vorbeifahren, biegt rechts ab, jetzt hat sie die Sonne im Gesicht. Sie hätte einen Hut mitnehmen sollen, daran hat sie nicht gedacht, aber umkehren möchte sie jetzt nicht mehr. Sie spürt nur den Fahrtwind, die Blätter der Bäume hängen bewegungslos an den Ästen. Wie in der Stadt die Luft stillstehen kann, als würde sie mit Gewalt zwischen die Häuser gepresst, verfestigt zu etwas, das man mit jedem Schritt mühsam durchschneiden muss. Maja kann sich nicht daran erinnern, im Dorf durch stehende Luft gegangen zu sein. Nur in der unkrautumwucherten Senke neben dem Bach, in der sich Fini und sie immer die Beine zerkratzt hatten, da war die Hitze manchmal auch schwer auf dem Boden gelegen, roch süßlich, betörend beinahe.

Maja tritt in die Pedale, es fällt ihr zunehmend schwer, auch lässt sich das Fahrrad nicht richtig lenken. Sie schaut auf den Reifen, er ist schon wieder platt. Maja fährt auf den Gehsteig, steigt ab, es hat keinen Sinn, sie wird den Schlauch später flicken müssen, irgendwo im Keller muss noch Reparaturzeug sein. Sie nimmt das Fahrradschloss vom Gepäckträger, kettet das Rad an einen Laternenpfahl. Was jetzt, sie wird wütend, ein blauer Himmel, ungetrübte Sonnenstunden, aus denen man etwas machen könnte, ein schöner Tag, einer, an den man sich noch lange erinnern könnte. Und jetzt steht sie da mit gepacktem Rucksack und einem kaputten Fahrrad, allein, obwohl sie doch Erich hat. Die Sonne brennt auf ihre Haare, auf der gegenüberliegenden Straßenseite steht ein Auto mit heruntergelassenen Scheiben. Paolo Conte singt, die Fahrerin hat nur einen Bikini an, ein rotes Haarband um den Pferdeschwanz gebunden, sie klopft im Takt auf das Lenkrad, der Blick des Beifahrers streift Maja, als sie gerade den Schlüssel im Rucksack verstaut. Sie nimmt ihre Geldtasche heraus, zählt die Münzen. Es reicht, um sich in ein Café zu setzen, ein Eis zu essen. Das wird sie machen. Wenn schon kein See, dann eben Eis, dann eben durch die Altstadt gehen, barfuß in den Brunnen steigen, die Gespräche der Leute mithören und versuchen zu verstehen, was die Touristen sagen.

An der Kreuzung muss sie nicht warten, es ist Grün, sie geht über den Zebrastreifen. Eine Frau eilt an ihr vorbei, bleibt mit dem Absatz an der aufgeweichten Gummidämpfung der Straßenbahnschienen hängen. Ihr bloßer Fuß schwebt einen Augenblick in der Luft, dann setzt sie ihn ab, um das

Gleichgewicht nicht zu verlieren, die Zehenspitzen nur, rasch hebt sie den Schuh auf, zieht ihn wieder an, geht weiter, als wäre nichts gewesen, zielgerichtet, elegant.

Die Sonne brennt auf den Asphalt, auf den Balkonen sieht man Sonnenschirme und Markisen, keine Menschen. Maja atmet auf, als sie durch den Torbogen geht, über das Kopfsteinpflaster nach rechts in den Schatten der schmalen Gasse. Ein Steinchen rutscht in ihre Sandale, bohrt sich in die Fußsohle. Sie bückt sich, um es zu entfernen, beim Aufrichten wird ihr schwindlig, sie hat zu wenig getrunken, nur die Tasse Tee in der Früh. Sie stützt sich an einer Hausmauer ab, geht ein paar Schritte auf den Eingang zu, setzt sich auf die unterste Stufe. Die Tür steht offen, es riecht nach Keller, kühle Luft streift ihre Haut. Schwarze Punkte tanzen immer noch vor ihren Augen, sie zieht die Wasserflasche aus dem Rucksack, trinkt, gießt ein bisschen Wasser über ihren Nacken. Ein Mann in einem hellen Anzug bleibt vor ihr stehen, beugt sich zu ihr hinunter.

Es geht schon, sagt Maja, bevor er fragen kann, sie schaut ihn an, versucht ein Lächeln. Über der Nasenwurzel hat er eine kleine Narbe, Majas Blick bleibt daran hängen.

Haben Sie sich verletzt?, fragt der Mann, zeigt auf Majas Bein.

Ist nicht so schlimm, sagt Maja, doch eigentlich möchte sie ja sagen, ja, kümmern Sie sich um mich, helfen Sie mir hoch, fragen Sie, wie das passiert ist und warum, reichen Sie mir Ihren Arm, damit ich mich einhängen, damit ich meinen Kopf kurz an Ihre Schulter lehnen kann.

Aber Maja drückt sich von der Stufe hoch, klopft ihren Rock ab.

Danke, sagt sie, setzt an, noch einen Satz hinzuzufügen, doch da bemerkt sie eine Frau an der Ecke, die sie beide beobachtet, eine Frau in einem dunklen Kleid, in hohen Schuhen. Maja wischt den Satz mit einem Räuspern weg, der Mann wünscht ihr einen schönen Tag, geht davon. Die Frau hängt sich bei ihm ein, fragt ihn etwas, er macht eine Handbewegung. Maja schaut den beiden nach, bis sie in eine Seitengasse gebogen sind.

Ihr ist immer noch schwindlig, aber die schwarzen Punkte sind verschwunden. Sie geht langsam, bleibt vor den Auslagen stehen. Nur die Touristenläden sind geöffnet, ein paar Fremde knipsen sich gegenseitig vor einem Wildschwein aus Stroh. Gleich dahinter ist ein Durchgang zu einem Innenhof, ein Springbrunnen rauscht, an den Wänden stehen Blumentröge mit Palmen. Jeden Sommer werden hier Tische aufgestellt und eine Bar, eine improvisierte Cafeteria im Freien. Kellnerinnen in langen, grünen Schürzen tragen die Kuchen ums Eck. Maja setzt sich an einen freien Tisch im Schatten, liest die Getränkekarte, bestellt Ananassaft mit Eiswürfeln.

An der Mauer gegenüber steht eine dunkelgrün lackierte Bank zwischen zwei Palmen, sie erinnert Maja an die Bank am Ende des Spazierweges, den sie letzten Sommer einmal mit Erich gegangen war und der unerwartet endete, als hätte man vergessen, ihn weiterzuführen. Maja hatte die Augen zugemacht, den Geruch des Spätsommers eingeatmet, ihre Haut war warm gewesen von der Sonne. Sie hatte Erichs Arm an ihrem Arm gespürt und trotzdem darüber nachgedacht, wie es wäre, mit jemand anderem diese Bank zu teilen. Mit Bert. Oder mit dem Nachbarn von gegenüber, der abends immer mit Büchern oder Zeitungen auf dem Sofa liegt, um neun oder halb zehn zum Kühlschrank geht und eine Weile davorsteht, als könne er sich nicht entscheiden, was er herausnimmt. Im Sommer, wenn sie auf dem Balkon sitzt, schaut sie in seine Wohnung und sieht ihm zu, wie er liest, ein Stück Brot isst oder ein paar Scheiben Wurst. Manchmal setzt sich Erich zu ihr und sie rauchen und trinken ein Glas Wein und dann schaut Maja Erich an und sagt sich, dass es ja nicht schlecht ist, so, wie sie lebt. Aber an jenem Tag, auf der Bank, hatte sie ihre Hand auf Erichs Knie gelegt, ihr Herz klopfen gehört, gesagt, dass sie vielleicht ein drittes Leben brauche, irgendwann, nichts sonst, und Erich hatte sie angesehen, den Kopf geschüttelt, keine Fragen gestellt, kein Wort dazu gesagt. Sie waren aufgestanden und den Kiesweg schweigend wieder zurückgegangen.

Maja lässt ihren Blick über den Innenhof wandern, ein älteres Paar kommt auf den Nebentisch zu. Der Mann zieht den Stuhl seiner Frau ein wenig zurück, die Stuhlbeine kratzen auf dem Steinboden, sodass Maja unwillkürlich zusammenzuckt. Die Frau setzt sich umständlich, legt ihre Handtasche auf den Tisch, holt ihre Lesebrille heraus, studiert die Karte. Der Mann verschwindet, kommt nach kurzer Zeit wieder zurück. Erdbeertorte, Apfelkuchen, Kardinalschnitte, Bananentorte, zählt er auf.

Wenn sie jetzt Apfelkuchen sagt, denkt Maja. Kaffee trinken und Apfelkuchen essen am Höhepunkt eines gemeinsam verbrachten Lebens, hatte Fini immer gesagt, versprich mir, dass du dir etwas Besseres suchst. Sie hatten die Hände aneinandergeklatscht, versprochen.

Apfelkuchen, sagt die Frau und deutet auf die Karte.

Kaffee und ein Glas Wasser, für dich dasselbe?, fragt sie, der Mann nickt, winkt die Kellnerin herbei und bestellt seiner Frau Kuchen. Maja stellt sich vor, wie sie anstelle der Frau den Kuchen kostet, wie die Gabel in ihrer faltigen Hand liegen, wie sie Stück für Stück aufspießen würde, wie zufrieden sie wäre mit Kaffee und Kuchen und mit einem Mann, der für sie bestellt.

Eine Taube flattert knapp über die Tische, die beiden Alten ducken sich, der Mann dreht sich um, wendet dabei sein Gesicht Maja zu. Etwas in seinem Ausdruck erinnert sie an Marek, die Art vielleicht, wie er den Kopf bewegt hat. Lange hat sie nicht mehr an Marek gedacht, manchmal fragt sie Fini nach ihm, wenn sie miteinander telefonieren. Wie er ihr seine Märchen erzählt hat. Und sie ihm vom Feuervogel und vom gewitzten Jemelia. Immer wieder wollte er diese Geschichten hören, und gemeinsam dachten sie sich neue Aufgaben aus für Jemelia, schickten ihn auf seinem warmen Ofen liegend in ferne Länder, zu wilden Tieren.

Wie sie auf seinem Schoß sitzen durfte. Manchmal strich er ihr über das Haar, über die Wange mit seiner rauen Hand, die immer ein bisschen nach Zwiebeln roch. Sie lehnte sich an ihn, ihr Rücken an seiner Brust, er wippte mit den Knien, und wenn die Geschichte aus war, blieben sie noch eine Weile so sitzen. Dass sie keinen Weg gefunden hatten von den Märchen zu erwachsenen Gesprächen. Majas Platz hatte sich von Mareks Schoß auf die Eckbank verlagert, dann diese Scham, die sie verwirrte, die Wortkargheit, die Langeweile auch, die sie auf einmal empfand, wenn sie ihm zuhörte. Wie die vertraute Nähe einer Beklemmung gewichen war, der sie sich immer seltener aussetzen wollte. Wie sie zuletzt nur mehr am Gartenzaun stehengeblieben war, um ein paar belanglose Worte mit ihm zu wechseln, wie er ihr zugleich Leid getan hatte, weil er doch sonst von kaum jemandem Besuch bekam, weil sie gesehen hatte, wie sich ein lebendiger Glanz über seine Augen legte, sobald sie sein Haus betrat.

Maja reibt sich das Schienbein, die Beule hat sich blau verfärbt. Das Paar am Nebentisch trinkt den Kaffee aus, die leeren Kuchenteller haben sie an den Rand geschoben. Sie machen Pläne für die kommende Woche, zwischen den Sätzen vergeht viel Zeit, als hätte alles, was gesagt wird, eine besondere Bedeutung.

Jemand hat eine leere Getränkeflasche in Majas Fahrradkorb geworfen, Maja stellt sie neben den Laternenpfahl. Der Sattel ihres Fahrrades ist warm, obwohl es bereits im Schatten steht. Der Tag war lang gewesen, sie hatte sich an den Rand des Brunnens gesetzt, Leute beobachtet, war am Nachmittag auf den Hügel im Park gestiegen. Im Schatten einer Buche war sie eingeschlafen, hatte sogar geträumt, zusammenhangslos, wurde vom Bellen eines Hundes geweckt. Auf dem Rückweg kletterte sie über den Brunnenrand, watete durch das knietiefe Wasser, bis die Haut rot vor Kälte war.

Maja bückt sich, der Vorderreifen ist jetzt ganz platt, sie steigt trotzdem auf, versucht ein paar Meter zu fahren, aber ihr fällt ein, dass man damit die Felge ruiniert, sie steigt wieder ab, schiebt. Ihre Füße sind noch kühl vom Brunnenwasser, sie beschließt, den längeren Weg durch den Park zu nehmen. Sie denkt an Erich, fragt sich, ob er noch auf dem Balkon sitzt, ob er draußen war, Zigaretten holen zumindest, oder ob er irgendwo ein kleines Bier getrunken hat. Ob er auf die Uhr geschaut, ob er an sie gedacht hat. Hätte sie das Telefon mitgenommen, könnte sie ihn jetzt anrufen, ihn fragen, ob er im Lokal am Eck auf sie warten will. Ein Glas Weißwein wäre jetzt schön, denkt Maja, vielleicht können sie gemeinsam noch einmal hinuntergehen, ja, das wird sie ihm vorschlagen.

In einigen Fenstern gehen die Lichter an, die Dämmerung legt sich allmählich über die Hausdächer. Maja sperrt die Tür auf. In der ganzen Wohnung brennt Licht, Erich kommt aus der Küche.

Da bist du, sagt er.

Ja, sagt Maja. Sie ist plötzlich unsicher, ob sie Erich fragen soll, sie kann seinen Gesichtsausdruck nicht deuten, irgendetwas ist anders.

Hast du geweint?, fragt sie.

Erich dreht sich weg, antwortet nicht. Es riecht nach Tomaten und Zwiebeln, Erich hat gekocht, ein Geschirrtuch hängt aus seinem Hosenbund. Maja legt ihre Hand auf seine Schulter, will ihn zu sich herumdrehen, aber er löst sich aus ihrem Griff, fährt sich mit der Hand übers Gesicht.

Ist schon gut, sagt er.

Maja stellt ihren Rucksack neben der Tür ab, Erich dreht sich zu ihr um.

Gehen wir noch etwas trinken?, fragt er und Maja nickt.

Das wollte ich dich auch fragen, sagt sie, schaut Erich in die Augen. Er hält ihrem Blick stand, steckt dann einen Geldschein in die Hosentasche.

Hast du den Schlüssel, fragt er.

Ja, sagt Maja, habe ich.

Auf den Tischen brennen Zitronenkerzen, ein Kellner bedient, er trägt einen schwarzen Ring im Ohrläppchen, man kann durch ihn hindurch auf die Haut seines Halses sehen. Seine Augenbrauen sind gezupft, Maja vermag den Blick nicht von ihnen zu wenden, von den akkurat geschwungenen Linien in dem beinahe knabenhaften Gesicht. Maja bestellt ein Glas Weißwein, Erich ein Bier. Sie sehen den Leuten nach, die an den Tischen vorbei die Straße hinunterspazieren, ein Paar schiebt einen Kinderwagen, das Kind ist noch wach, weint, die Mutter beugt sich vor, streichelt es, spricht beruhigende Worte, und als sie an den Tischen vorbei sind, richtet sie sich auf, geht neben dem Wagen her, Maja kann das Kind immer noch weinen hören. Sie legt den Kopf in den Nacken, die Markise ist längst wieder eingerollt, sie schaut in den Himmel, Ende August soll es die meisten Sternschnuppen geben. Aber sie sieht nur einen halben Mond über den Straßenlaternen, vier Sterne, nicht mehr. Erich trinkt in einem Zug das halbe Glas aus, räuspert sich.

Fini hat angerufen, sagt er.

Wie geht es ihr?, fragt Maja.

Gut, sagt Erich, aber Marek.

Maja stellt ihr Glas ab, ihr Herz beginnt schneller zu schlagen, sie spürt es im Hals. Eine Trockenheit in der Kehle, im Mund, als hätte sie Sand getrunken, keinen Wein. Sie hustet, schaut Erich in die Augen.

Ja?, fragt sie, was ist mit ihm?

Marek ist tot, sagt Erich. Heute Nachmittag. Das soll ich dir sagen.

Das Weinglas ist beschlagen, ein Tropfen rinnt langsam an der Außenseite hinunter, zieht eine unregelmäßige Spur. Maja hält den Tropfen mit dem Finger auf, starrt Erich an, er schaut von ihr auf die Tischplatte, um seinen Mund herum zuckt es.

Warum hat er geweint, fragt sie sich, warum.

VI.

Zimmer drei

Maja sitzt aufrecht, hält das Lenkrad, als wolle sie jeden Moment einen kurvenreichen Straßenabschnitt befahren, dabei hat sie den Motor längst abgestellt. Nach einiger Zeit schließt sie den Reißverschluss ihrer Jacke, tastet hinter dem Sitz nach ihrer Handtasche, zieht sie nach vorne, holt die Zigarettenschachtel heraus, dreht sie in der Hand, schaut durch die nasse Windschutzscheibe, steckt die Zigaretten wieder hinein.

Bert sitzt mit geschlossenen Augen auf der Rückbank, Erich steht einige Schritte entfernt im Regen und raucht.

Was macht es denn für einen Unterschied!, hatte er geschrien. Sag es mir, was denn, was willst du denn!

Sie hatte es nicht mehr ausgehalten, Erichs Zupfen an den Fingernägeln, das Kratzen an seinen Unterarmen, sein unentwegtes Räuspern, ohne etwas zu sagen. Wie er den Kopf dabei zurückgeworfen hat, wie das Räuspern nach einem nervösen Bellen klang.

Es kann dir doch egal sein, es hat doch mit dir nichts zu tun, sagte er, sah sie nicht an dabei.

Nichts ist egal, schrie Maja, und dass sie es satt habe, könnt ihr denn alle nicht einfach den Mund aufmachen!

Maja musste stark abbremsen, der Asphalt war aufgerissen worden, sie hatte das Baustellenzeichen zu spät gesehen. Erich streckte seinen Arm nach dem Haltegriff aus, atmete zischend ein.

Die Landstraße zog sich durch brachliegende Felder, vereinzelt deuteten Schilder auf einen Ort oder auf ein Gasthaus hin. Der Regen wurde stärker und Maja wollte die Scheibenwischer einschalten, doch sie bewegten sich nicht. Erich beugte sich zu ihr und drückte den Hebel nach oben und nach unten.

Hör auf damit, glaubst du, es liegt an mir, dass sie nicht funktionieren?, rief sie, schob Erich mit dem Ellenbogen weg, lenkte das Auto in eine Wiese, stellte den Motor ab, schrie Erich an, bis er die Autotür aufstieß und ausstieg, bis die feuchte Luft in den Innenraum drang, bis sich Bert über den Beifahrersitz beugte und die Tür wieder zumachte, seine Hand auf Majas Schulter legte, nichts sonst, nur das Gewicht seiner Hand auf ihrer Schulter.

Mareks Hand auf ihrer Kinderhand, kurz vor dem Gehen, ihr stummer Abschied. Ihre Finger auf seinem bestickten Tischtuch, auf den gelben Vogelschnäbeln, auf den grünen, blauen, roten Federköpfchen, ihre Finger, die nicht stillhalten konnten, wenn ihr Marek seine Märchen erzählte. Die sie in die Löcher der Tischtuchborte steckte und wieder herauszog mit roten Abdrücken. Marek, der sie nie ermahnte. Der wusste, dass ihre Ohren ganz bei ihm waren. Der sie zappeln ließ, ihr ab und zu über die Wange strich. Der immer da war, wenn sie an seine Tür klopfte.

Die Tischdecke, an jeden Vogel kann sie sich erinnern, an jeden abstehenden Faden. Aber Mareks Gesicht. Das Muttermal am Kinn, die grauen Haare, die im Nacken immer ein bisschen zu lang waren. Der dunkle Schneidezahn. Die hellbraunen Punkte in seinen Augen. Das Fotogesicht, das sie aus dem Umschlag zog. Fiftyfifty. Der weiße Lackstift, der sich vom glatten Papier abhob. Maja sieht das Fotogesicht vor sich, immer nur das Fotogesicht, als hätte sie nie ein anderes gekannt.

Der Regen schlägt auf das Autodach, zieht seine Spuren über die Scheiben. In unregelmäßigen Abständen leuchtet ein vorbeifahrendes Auto den Innenraum aus, das offene Handschuhfach, die heruntergeklappte Sonnenblende auf der Beifahrerseite, die beiden winzigen Plastikrosen, die an einer Perlenschnur vom Zündschlüssel baumeln. Ein Lastwagen wird langsamer, bleibt kurz stehen, fährt dann doch weiter.

Maja beobachtet Bert im Rückspiegel. Er hat sich ins Eck gekauert, Kopfhörer aufgesetzt, die Augen geschlossen, als ginge ihn das alles nichts an. Als sähe man ihn nicht, solange er selbst nichts sieht. Sein Brustkorb hebt und senkt sich regelmäßig, aber sie glaubt nicht, dass er schläft, so schnell kann er nicht einschlafen, denkt sie, nicht nach ein paar Minuten.

Ich streite nicht mit Leuten, die ich nicht liebe, sagt Maja, aber Bert hört es nicht. Maja streckt ihren Arm nach hinten, klopft auf Berts Bein, er öffnet seine Augen, nimmt die Kopfhörer ab.

Ich streite nicht mit Leuten, die ich nicht liebe, sagt Maja noch einmal und Bert antwortet, das ist in Ordnung. Er sieht Maja an, wartet, doch sie sagt nichts mehr, schüttelt nur langsam den Kopf. Ein kleiner Ruck geht durch seinen Köper, aber er zieht seinen halb ausgestreckten Arm zurück, setzt den Kopfhörer wieder auf, ganz leise kann Maja ein Schlagzeug hören, die Andeutung einer Gitarre.

Bert war es gewesen, der damals auf sie zugekommen war, als sie etwas verloren in der Halle gestanden war, niemanden kannte, nicht genau wusste, was sie zu tun hatte.

Ich bringe dich hin, morgen kannst du den Bus nehmen, hatte Erich beim eiligen Frühstück gesagt, und fast eine Stunde zu früh war sie auf dem asphaltierten Vorplatz gestanden, ohne Strümpfe in zu hohen Schuhen und in dem kurzen Kleid, das Erich so gut gefiel.

Schließlich hatte sie in weißem Mantel, weißen Pantoffeln, den Kopf in einem Haarnetz, das am Haaransatz kratzte, neben dem Förderband gewartet, als Bert durch einen Nebeneingang hereinkam. Anstatt ihr die Hand zu geben, legte er seinen Arm um sie, als würde er sie kennen, als wäre sie ihm nicht nur aus Erichs Erzählungen vertraut.

Ich führe dich herum, keine Sorge, es ist nicht schwer, hatte er gesagt, schon am Nachmittag kennst du dich aus, du wirst sehen.

Dass du Erichs bester Freund bist, hatte sie gesagt, ich habe dich mir ganz anders vorgestellt.

Sein weicher, runder Körper, sein rundes Gesicht, die Lachfalten um die Augen. Seine Fußspitzen zeigten beim Gehen weit nach außen, beim Reden zwinkerten seine Augenlider. Dass er Erichs Musik hörte, dass er nächtelang mit ihm unterwegs war. Dass er ihr diese Stelle verschafft hatte.

Danke, sagte Maja.

Bert grinste.

Er war nicht von ihrer Seite gewichen und hatte ihr geduldig die Arbeitsabläufe erklärt, öfter, als es notwendig gewesen wäre. Und als sie keine Fehler mehr machte und gemeinsam mit den anderen jungen Frauen die orangefarbenen Kisten kontrol lierte, Medikamente, Einwegspritzen, Verbandmaterial, sich nicht mehr fragte, wer eigentlich so viel Halcion brauche und Tramal, da hatte er trotzdem regelmäßig vorbeigeschaut und irgendwann vorgeschlagen, mit ihr in die Innenstadt zu fahren und ihr die besten Lokale zu zeigen, und wenn sie Lust habe, könnten sie ins Kino gehen, hatte er gesagt. Er lud sie ein, mit ihm nach Feierabend ein Bier trinken zu gehen, in der Innenstadt, die kenne sie ja noch gar nicht richtig, Erich könne ja nachkommen.

Erich umarmte sie von hinten, klopfte Bert auf die Schulter, sagte, na, Kleiner, schaute Maja an dabei und sie tranken Bier, bis es wieder hell wurde.

Es wurde Maja zur Gewohnheit, Bert in der Mittagspause ein paar Bissen von ihrem Brot abzugeben, weil er immer zu wenig mithatte. Sie setzten sich auf die Stufen zum Hinterhof, Bert schenkte ihr eine Zigarette.

Erzähl mir etwas, sagte er, und sie blieben auf den Stufen sitzen, bis die halbe Stunde um war. Wie Bert ihr zuhörte, wenn sie nebeneinander dasaßen, das Brot teilten, rauchten, wie er sie ansah dabei, rasch wegschaute, sobald sich ihre Blicke trafen.

Maja sah Bert durch die Glasscheibe dabei zu, wie er die hohen Regalreihen entlangging und Kartons schleppte und neu schlichtete und wie er manchmal, wenn das Personal knapp war, selbst mit den Kontrolllisten hereinkam und sich so nah neben sie hinstellte, dass ihre Arme sich berührten. Und sie gewöhnte sich daran, Bert vor der Garderobe einen schönen Abend zu wünschen, den weißen Arbeitskittel in ihren Garderobenkasten zu hängen, sich vor den Spiegel zu stellen, den Pferdeschwanz zu lösen, Lippenstift aufzutragen, die Pantoffeln gegen die hohen Schuhe zu tauschen und sich beim Ausgang bei Erich einzuhängen, der immer schon fünf Minuten zu früh da war und beim Warten von einem Fuß auf den anderen trat.

Am Freitag gingen sie zu dritt, meistens zu Bert nach Hause, der für alle Nudeln kochte oder Eintopf, und dann zogen sie los, Maja und Erich vorn und Bert hinten oder Bert ging voran und Maja und Erich folgten, und wenn genug Platz war, in der Fußgängerzone oder mitten in der Nacht in einer der Einbahnstraßen, dann ging Maja in der Mitte, hakte sich bei Erich unter und streifte beim Gehen manchmal an Bert.

Einmal waren sie in einer schmalen Seitenstraße vor einem vergitterten Geschäft stehen geblieben.

Wartet kurz, hatte Maja gerufen, ihre Hände an das Gitter gelegt. Russischer Tee, ein Samowar, dazwischen wie zufällig ausgestreute Süßigkeiten. Ganz vorn an der Scheibe standen Matrjoschka-Püppchen in einer Reihe, sie drehten Maja ihre Gesichter zu, sieben Püppchen, sieben winzige Märchenszenen auf dem Bauch, eingebettet in ein Muster aus hellblauen Blumen auf rotem Grund. Majas Handflächen begannen zu schwitzen. Ihre Matrjoschka, sie hatte doch eine Matrjoschka gehabt, früher, wie lange hatte sie nicht mehr daran gedacht.

Was ist denn, komm, kommt doch, hatte Erich gerufen. Bert war neben Maja stehen geblieben, sah mit ihr durch das Schaufenstergitter. Erich machte kehrt, legte seinen Arm um Maja, drehte sie zu sich herum und küsste sie. Bert stand daneben, wartete, zählte die Püppchen, betrachtete den Samowar.

Maja sieht Erich zurückkommen, einen dunklen Schatten mit undeutlichen Rändern, sieht ihn verschwommen durch die nasse Windschutzscheibe. Er macht die Autotür auf, setzt sich hin, behält die nasse Jacke an, kurbelt das Fenster nach unten und sieht sich den Vorderreifen an, der in der Wiese eingesunken ist.

Glaubst du, dass wir hier wieder herauskommen?, fragt er.

Maja geht nicht darauf ein, macht das kleine Licht neben der Sonnenblende an.

Bert? Hörst du mich? Hast du die Karte mit?, ruft sie über ihre Schulter nach hinten, und Bert öffnet die Augen, fährt in eine seiner Jackentaschen und zieht einen mehrfach gefalteten Zettel heraus. Er streicht ihn umständlich glatt, bevor er ihn Maja nach vorn reicht.

Sogar in Farbe, sagt Maja, und auf dickem Papier. Sie fährt mit dem Zeigefinger die hellgrauen Linien entlang.

Wir fahren weiter, wir suchen ein Hotel.

Sie fahren langsam, schweigend, Erich mustert Maja aus den Augenwinkeln, das Motorengeräusch übertönt Berts Musik, die aus den Kopfhörern nach außen dringt.

Am Straßenrand stehen Reklametafeln, ein Auto überholt, ohne zu blinken, Wassertropfen spritzen auf die Windschutzscheibe, ein Lichtspiel aus roten Rücklichtern und Straßenlaternen. Maja steigt auf die Bremse, konzentriert sich auf die reflektierenden Pfosten am Straßenrand. Sie kann eine Lagerhalle erkennen, eine breite Einfahrt, einen Parkplatz, auf dem ein Sattelschlepper und ein kleines Auto abgestellt sind, es hat die Parklichter an. Dann abermals Wiese und ein paar Bäume. Der Regen wird wieder stärker, Erich flucht.

Da vorn sind Schilder, sagt sie, vielleicht steht da etwas.

Vielleicht, sagt Erich, er wippt mit seinen Knien, trommelt mit den Fingern auf seinen Oberschenkeln

Fahr langsam, da sind Schilder, sagt er.

Die Scheibe ist zu nass, als dass man die Buchstaben entziffern könnte, Maja schaltet den Warnblinker ein und bleibt am Straßenrand stehen. Erich steigt aus, läuft durch den Lichtkegel auf die Schilder zu.

Bert richtet sich auf, rutscht auf der Rückbank nach vorn, hält sich an Majas Kopfstütze fest. Er nimmt die Kopfhörer aus den Ohren, holt Luft, als wolle er etwas sagen, doch Erich kommt zurück und Bert lässt seine ausgestreckte Hand fallen und fragt Erich, ob er nun Bescheid wisse und Erich sagt, ja, in dreihundert Metern links.

Maja muss an die dreihundert Meter denken, die sie drei an einem ihrer ersten gemeinsamen Wochenenden auf der Autobahn zurückgelegt hatten, ohne Licht, einfach so, weil Vollmond war und weil nichts los war und die Autobahn schnurgerade und Maja war glücklich gewesen, weil alles möglich schien, alles.

Der Parkplatz ist voll, auf der anderen Straßenseite ein Tanzlokal, der Bass dröhnt bis nach draußen, blaugrüne Lichterketten schlingen sich um zwei leuchtend rote Herzen. Maja bleibt neben dem Auto stehen, schließt die Augen. Das Nachbild der Landstraße, der regennassen Windschutzscheibe, der verzerrten Lichter des Gegenverkehrs zieht wie ein Film unter ihren Lidern vorbei.

Ich komme gleich, sagt sie.

Neben der Eingangstür des Hotels stehen zwei Männer, sie reden leise miteinander, der eine bietet dem anderen eine Zigarette an. Im Vorbeigehen sieht Maja, wie der größere der beiden sie mustert.

Bert öffnet ihr die Tür, der Eingangsbereich ist dunkel, nur eine schwache Deckenlampe verbreitet gelbliches Licht. An der Wand steht eine verstaubte Palme, Maja greift an die Blätter, sie sind aus Plastik. Erich steht vor der Preisliste, in einem kleinen Raum hinter der Rezeption läuft der Fernseher. Bert läuft ein paar Schritte auf und ab, Erich räuspert sich, Maja lehnt sich an die Tür, vergräbt die Hände in den Jackentaschen. Sie fühlt sich, als hätte sie etwas vergessen, umklammert den Autoschlüssel, lässt ihn wieder los.

Sie hören, dass ein Stuhl gerückt wird, der Portier kommt heraus. Bert tritt an die Rezeption. Du redest, hat Maja gesagt. Im Film wird geschossen, das Hinterzimmer flackert im hektischen Wechsel vom Hell und Dunkel der Fernsehbilder.

Wir sind zu dritt, sagt Bert. Der Portier schaut von einem zum anderen, nur Erich hat eine kleine Reisetasche dabei, Bert trägt seine Lederjacke mit den ausgebeulten Taschen.

Ausgebucht, meint der Portier, er habe nur mehr ein Doppelzimmer, aber Bert redet leise auf ihn ein, spricht von Notfall und Begräbnis und Geschwis tern, reicht ihm zwei Geldscheine und unterschreibt schließlich einen Zettel. Zimmer drei, erster Stock, sagt Bert zu Maja und Erich nach einem Blick auf den Zimmerschlüssel. Fragt nach dem Weg und nach dem Frühstück. Maja hört nur Bruchstücke, sie ist zu müde, dem Gespräch zu folgen. Erich schultert die Reisetasche, geht voran. Der Portier sieht ihnen nach, schüttelt den Kopf, bleibt an der Rezeption stehen, bis er hört, wie Bert den Schlüssel in der Tür dreht.

Das Zimmer ist klein und muffig, sie schalten kein Licht ein, weil die Straßenlaternen durchs Fenster leuchten. Maja macht die beiden Fensterflügel auf, zieht am Reißverschluss ihrer Handtasche, bis sie sich endlich öffnen lässt, nimmt die Zigaretten heraus.

Hat jemand Feuer?, fragt sie. Bert reicht ihr sein Feuerzeug, eines mit einer Barbusigen darauf, immer hat er solche Feuerzeuge, Erich nimmt seine aus Lokalen mit. Maja schaut sich im orangen Licht der Straßenlaternen die Brüste an, die leicht geöffneten knallroten Lippen, gibt das Feuerzeug zurück. Sie rauchen, Erich zieht Schuhe und Socken aus.

Steig nicht barfuß auf den Teppich, sagt Maja, doch Erich setzt beide Füße auf den Boden, bleibt eine Weile sitzen, erhebt sich mit vorgespielter

Mühe vom Bett und geht ins Bad. Er lässt die Tür offen. Maja sieht nicht hin, sie hört das Plätschern, die Klospülung, den Wasserhahn. Dann tritt er hinter sie, legt seine kalte, nasse Hand auf ihren Nacken, sie stößt geräuschvoll Luft durch die Nase, verschluckt sich am Rauch.

Lass sie doch in Ruhe, sagt Bert, doch Erich behält seine Hand da, wo sie ist, und Maja wehrt sich nicht.

Bert wirft seine Kippe aus dem Fenster, Maja tut es ihm gleich. Erich fährt mit seinem Fuß über Majas Unterschenkel, obwohl er weiß, dass ihr vor dem Teppich ekelt, sie weicht vor der Berührung zurück.

Gehen wir ins Bett, sagt sie, sieht keinen von den beiden an dabei. Dieses Zimmer ist besser als eine Nacht im Auto, aber sie wird nicht schlafen können. Sie wird auf Erichs und auf Berts Atem hören, auf ein plötzliches, lautes Schnarchen, es wird sie zusammenzucken lassen, sie wird schnalzen, es wird nichts nützen. Sie wird aufstehen und auf den Gang hinausgehen, sich ans Fenster stellen, einen Blick in den Hinterhof werfen, dem Surren der Lüftung lauschen, die tiefhängenden Wolken anschauen, dafür wird sie sich halb aus dem Fenster lehnen müssen.

Irgendwann wird die Zimmertür aufgehen und Bert wird herauskommen, seinen Arm um Majas Schultern legen und fragen, warum sie sich das mit Erich antue. Und Maja wird sagen, ich weiß, ich weiß, Bert. Sie wird sich mit den Händen auf das steinerne Fensterbrett stützen, dessen Kühle spüren. Sie wird Bert ansehen, sie wird sich fragen, warum er immer solche Feuerzeuge hat, wo sie doch gar nicht zu ihm passen.

Was glaubst du, wer wird alles da sein?, wird sie dann in die Stille hinein fragen und Bert wird antworten, ich weiß es nicht, es ist nicht wichtig. Und sie werden schweigen und Bert wird Majas Rücken streicheln und sie wird es zulassen. Nach einer Weile wird sein Streicheln langsamer werden, er wird sich umdrehen und wieder ins Bett gehen.

Maja wird sich aufs Fensterbrett setzen und frieren und sich wünschen, die Decke mitgenommen zu haben. Sie wird die Augen schließen und an Marek denken, an den Tag, an dem er ihr die Bauklötze brachte, an das kurze Gespräch vor ihrer Abreise, an den Abschied. An seine Starre, die sie nicht deuten konnte. An das Geräusch ihrer Schritte auf dem Kies, an das Knarzen des Gartentors, an die Worte, die er ihr noch hinterherrief.

Wie ihr Herz begonnen hatte zu rasen, als ihr Erich offenbarte, dass Marek sein Vater war und dass er durch Zufall davon erfahren hatte und nicht darüber reden durfte. Dass es für ihn nicht leicht gewesen sei. Dass seine Mutter im Dorf ihren Frieden haben wollte, dass es nichts geändert hätte, gar nichts. Dass Schweigen keine Lüge sei: Ich habe dich nicht angelogen!, hör mir doch zu! Dass seine Mutter nicht mit Marek hätte leben können, dass der kurze Versuch der beiden einfach schiefgegangen sei, dass Fini einen anderen Vater habe, und mehr wisse er nicht, mehr wolle er gar nicht wissen.

Und dass eine Geschichte in der anderen steckt von ihrer frühesten Kindheit an, daran wird Maja auch denken und nichts daran ändern können.

Das Quietschen der Zimmertür wird Maja zusammenzucken lassen, Erich wird herauskommen und sie fragen, was sie da mache, und sie wird zu ihm sagen, nichts, nichts mache ich und Erich wird wieder zurück ins Zimmer gehen und nach einer Weile auch Maja.

Irgendwann wird die Nacht vorbei sein und sie werden aufstehen. Im Frühstücksraum werden sie bis auf einen Fernfahrer allein sein und sie werden wenig reden, nur darüber vielleicht, welche Straße sie am besten nehmen. Maja wird Kaffee trinken und Bert wird sagen, sie solle essen, sie brauche das, und er wird ihr ein Brot richten und Maja wird es anknabbern und sich noch eine Tasse Kaffee einschenken.

Erich wird rasch wieder vom Tisch aufstehen, er müsse eine rauchen, wird er sagen. Nach einer Weile werden Maja und Bert zum Auto kommen und Erich wird nicht da sein, es wird ein Zettel hinter dem Scheibenwischer klemmen.

Macht ihr das allein, ich kann da nicht hin, wird Erich geschrieben haben.

Maja wird Bert ansehen, der wird seine Lippen zusammenpressen, bis sie fast weiß sind, der Lastwagen wird weg sein, Bert wird Maja in die Augen schauen und den Autoschlüssel aus ihrer ausgestreckten Hand nehmen.

VII.

Frau Holle

Ich erinnere mich an ein Licht, das mich blendet und durcheinanderbringt, weil in der Nacht doch alles dunkel ist und jeder schläft: Schlaf, mein Engelein, schlaf, die Menschen schlafen, die Tiere schlafen, der Bär und der Fuchs und der Hund, schlaf jetzt.

An ein Licht und an einen großen Raum erinnere ich mich. Ich weiß nicht, wie lange ich dort bin, die Erwachsenen versuchen ihre Aufregung vor mir zu verbergen.

An einen goldenen Knopf erinnere ich mich, vielleicht Teil einer Polizeiuniform, an einen roten Streifen an einem dunkelblauen Ärmel.

Ein Stück Himmel sehe ich durch die Oberlichten, er wechselt von Schwarz zu Grau. Ich weiß nicht, ob ich sitze oder hingelegt werde, ob mir jemand etwas zu trinken bringt, etwas zu erklären versucht, mir womöglich ein Lied vorsingt.

Eine Erinnerungsspur aus einzelnen Bildern, die in diese Nacht zurückführen: Arme, die mich aus dem Gitterbett heben. Obwohl ich schon zu groß dafür sein muss, kann ich nicht allein hinausklettern. Vielleicht wollte meine Mutter nicht, dass ich nachts aufstehe und unbemerkt durch das Haus gehe. Ich erinnere mich daran, dass mein Hals schmerzt vom Schreien, dass ich nach meiner Mutter geweint habe und sie nicht gekommen ist. An das Krachen der Tür. An Leute, die auf mich einreden, ohne dass ich sie verstehe. An Uniformierte, die im Schlafzimmer meiner Mutter herumstehen. An den Geruch in einem Auto nach Abgasen und kaltem Rauch. Daran, dass ich um mich trete und versuche in die Arme zu beißen, die mich halten.

Die Hügellandschaft ist einer endlosen Fläche gewichen, Farbteppichen, die sich am Horizont verlieren. Der Himmel verblasst allmählich, Maja sieht einen Vogelschwarm, beobachtet, wie er ständig seine Form verändert. Sie streichelt das Kind, zieht seine Decke zurecht. Anjas kleiner, warmer Körper, das Gewicht ihres Kopfes auf Majas linkem Arm, manchmal zuckt sie im Schlaf.

Der Zug fährt langsam über Weichen, ein unangemessen großes Gebäude taucht hinter den Feldern auf, Mauern aus Beton mitten im Nichts, rostige Feuerleitern, kleine, blinde Fenster. Der Asphalt der Zufahrtsstraße ist aufgesprungen, Unkraut quillt aus den Rissen, man sieht, wer der Stärkere ist, aber kein Schild, kein Hinweis darauf, wer hier von der Zeit besiegt wird. Als Maja an den Mauern vorbeifährt, sieht sie hunderte rostige Tonnen mit Aufschriften, die nicht mehr zu entziffern sind.

Hinter dem Fabriksgelände wieder Felder, Wiesen, brachliegende Grundstücke, auf denen das

Unkraut in die Höhe wächst. Ein braungrüner Fluss, dessen Wasser stillzustehen scheint. Auf einem Acker sitzen ein paar Frauen im Kreis, ein Traktor steht schief im Graben. Einzelne Bäume ziehen vorbei, eine Reihe von Pappeln, die lange Schatten werfen.

Maja versucht, das Fenster zu öffnen. Vorsichtig, um Anja nicht zu wecken, streckt sie ihren Arm nach oben, zieht am Aluminiumgriff. Ein schmaler Spalt lässt frische Luft herein. Sie ist kühler, als Maja erwartet hat, trägt den Geruch von frisch gemähtem Gras ins Abteil.

Der Zug fährt jetzt sehr langsam, nähert sich einem Bahnübergang. Ein weißes Auto und ein Pferdefuhrwerk warten davor, der Lenker des Wagens ist ausgestiegen. Er trägt einen bunten Pullover und ein Jackett, steckt sich etwas in den Mund, sieht der Lokomotive nach.

In wenigen Stunden werden sie die letzte Grenze passieren, mitten in der Nacht. Maja hat die Warnungen im Ohr und die Schauermärchen, man sei vor Anfeindungen und grundlosen Anschuldigungen nicht sicher, manch einer wäre sogar in Gewahrsam genommen worden, ohne etwas getan zu haben, ihr Pass lösche schließlich ihren Familiennamen nicht aus, man werde ihr Fragen stellen. Sie möchte diesen Geschichten nicht glauben, und doch hindert sie eine stetig wachsende Anspannung daran zu schlafen. Sie denkt an Soldaten, die stundenlang auf dem Dach des Zuges auf und ab laufen, das Fahrwerk kontrollieren, mit Taschenlampen unter jeden Sitz leuchten, jede Tasche, jeden Koffer durchwühlen, Fragen stellen, sich Zeit lassen, unerträglich viel Zeit beim Durchblättern des Passes, beim Lesen des Visums. An die Minuten, die vergehen, bis sie einen Stempel auf die Dokumente drücken. Sie stellt sich die verängstigten Gesichter derer vor, die forsch aus dem Zug geführt werden in ein kleines Häuschen mit schmutzverschmierten Scheiben, die dort unter kaltem Neonlicht stehen, im Zweifel darüber gelassen, was man von ihnen will. Die Kinder bleiben im Zug sitzen, eng aneinandergekauert, ein größeres hält das kleine an der Hand, sie senken den Blick, schauen auf die Stiefel der Soldaten, schweigen, weil man ihnen verboten hat, auch nur ein Wort zu sagen.

Man wird uns in Ruhe lassen, sage ich mir, ertappe mich, wie ich die Lippen bewege dabei, wir wollen nur ein Haus suchen, um zu sehen, wo die Mutter großgeworden ist, die Großmutter.

Ich strecke meine Beine, wir sind allein im Abteil. Das letzte Umsteigen ist schon Stunden her, für immer kürzere Strecken brauchen wir immer mehr Zeit. Etwas klappert, ich lasse meinen Blick durch das Abteil wandern auf der Suche nach einem losen Haken, einem hängenden Plastikteil. Die Schrauben an den Innenverkleidungen sind abgedreht, das obere Eck einer Platte ist verbogen, ein Hohlraum, ein Versteck für Zigaretten und Wodka vielleicht.

Ob Großvater ein Schmuggler war, frage ich mich, ob er an den Wochenenden über die Grenze gefahren ist, um auf dem Bahnsteig schnell seine Waren loszuwerden und dann gleich wieder den nächsten Zug zu nehmen. Ob er auf der Rückfahrt das Geld gezählt hat, ob es sich für ihn gelohnt hat, ob er erwischt worden ist. Ob die Großmutter an der Haltestelle auf ihn gewartet hat oder in ihrem

Haus, ob sie ihn von weitem kommen sah, ob er ihr die Hand auf den runden Bauch legte, ob sie von dem Geld Milch kauften und Eier, damit meine Mutter wachsen konnte in Großmutters Bauch.

Ich stelle mir vor, wie wir morgen in der Früh aussteigen werden, wie ich mich zum Busbahnhof durchschlage und mich wundere, wie geschäftig das Treiben um diese Zeit ist. Die aufgehende Sonne wird einen heißen Tag ankündigen, noch hört man die Vögel singen, Schwalben, die sich unter dem Dach eingenistet haben. Ich werde ein wenig Zeit brauchen, mich zurechtzufinden, ich werde ein paar Sätze von meinem Zettel ablesen und so den richtigen Bus finden, ich werde mich schämen dafür, die Sätze nicht auswendig gelernt zu haben. Der Busfahrer wird uns nicht helfen beim Einsteigen, wir werden umständlich Platz nehmen, ich werde ein paar Rubel nach vorne reichen wie die anderen Reisenden, wir werden eine Weile fahren, aus der Stadt wieder hinaus, über holprige Landstraßen, an aufgelassenen Bahnhöfen vorbei. Ich werde hoffen, dass Anja ruhig bleibt, wir werden unverhohlen gemustert werden von den Männern und Frauen und ich werde es nicht erwarten können, die letzten Kilometer hinter mich zu bringen.

Wir sind die einzigen, die hier aussteigen, es ist niemand da, der uns anstarren könnte: eine Frau mit einem kleinen Kind, fast ohne Gepäck und doch nicht aus der Gegend. Die Haltestelle ist nicht gekennzeichnet oder der Busfahrer hat uns einfach an der Straße hinausgelassen. Ich breite Anjas Decke aus, sie weint, ich muss sie kurz ablegen und mühe mich, den Kinderwagen aufzuklappen. Dann nehme ich sie auf den Arm, schaukle sie hin und her, setze sie in den Wagen und hänge unsere einzige Tasche über den Bügel. Beinahe, als kämen wir für einen Tag vorbei, um eine alte Tante zu besuchen.

Das Fremdsein lässt sich in einer kleinen Tasche verstecken, doch der Kinderwagen wird Aufsehen erregen, denke ich, man sieht ihm an, dass er von weit her ist.

Maja ist überrascht, wie schnell sich die Farbe des Himmels ändert, wie rasch sich die Dunkelheit über die Landschaft legt, wie finster es ist. Anja ist aufgewacht, Maja gibt ihr zu trinken, trotzdem hört sie nicht auf zu weinen. Sie summt ihr ein Lied vor, ihre Lippen an Anjas Ohr, sie erfindet eine Melodie, zwei, drei Töne, zweimal auf und einmal ab. Sie summt und wiegt, schließt ihre Augen und es kommt ihr vor, als sähe sie sich selbst dabei zu, als säße sie auf der rot gepolsterten Sitzbank neben einer Frau, die ein kleines Kind zu beruhigen versucht. Eine Mutter, ein Kind. Eine Großmutter dazu. Ob die Großmutter manchmal so rote Augen hatte wie Marek, fragt sie sich. Ob sie am Fenster stand, anstelle der frisch gestrichenen Bretter glühende Balken sah. Ob sich das Krächzen einer Saatkrähe in ihren Ohren in den Schrei einer Mutter verwandelte, die ihre Kinder in den Wald jagte: Fort mit euch, lauft, lauft. Ob sie am Waldrand zwischen den Stämmen das Dunkel sah, das die Kinder retten sollte. Ob sie die Mutter sah, die sich wimmernd an die tote Kuh kauerte. Ob sie Keller sah, Viehwaggons, Soldatenstiefel. Schwarze Augen. Fliegenschwärme hinter dem Haus.

Ob sie abends Wodka und Beerenlikör auf den Tisch stellte, ein Glas für den Großvater einschenkte, in die Stille des Raumes hinein einen Wunsch aussprach, beide Gläser in die Höhe hob, den Wodka nach dem Likör selber trank.

Das ist der Daumen, der schüttelt die Pflaumen.

Ich halte meinen Daumen Anja hin, sie steckt ihn sich in den Mund, kratzt mit ihrem Zähnchen an meiner Haut.

Das ist der Daumen, mein Daumen, schau, mein Daumen für dich.

Die Wochen im Heim, zusammengeschrumpft auf wenige Bilder. Ein buntes Zimmer erinnere ich, in dem Kinder hin und her laufen, eine offene Terrassentür, an der ich stehe. Ich beobachte die Kinder, schaue in den Garten. Ein blondes Mädchen sitzt im Sandkasten, es hebt mit einer Schaufel ein Loch aus und versucht gleichzeitig einem kleineren, das daneben im Sand sitzt – ich sehe weder Gesicht noch Haare, nur zwei dickliche Beinchen in weißen Strumpfhosen, teilweise mit Sand bedeckt – beizubringen, dass man Sand nicht essen soll. Ein größeres Kind nimmt mich an der Hand, zieht mich in eine Ecke und drückt mir eine Puppe auf den Schoß. Die Puppe hat Schlafaugen, ich bewege sie hin und her, befühle die Plastikwimpern, tippe an die Pupille.

Und dann die Angst, als ich ins Krankenzimmer gebracht werde. Ich stehe in dem kleinen, weißen Raum, es riecht nach Desinfektionsmittel, ich stehe vor einem Arzt, allein, er schiebt mein Unterhemd hinauf, um mich abzuhören. Sein grauer Schnauzbart, der über seine Oberlippe hängt, seine tiefe Stimme, seine rauen Hände. Der kalte Boden unter meinen Füßen. Er stellt mich auf eine Waage, schaut mir in den Mund, in die Ohren, ich weiß nicht, was er von mir will.

Die langen, blonden Haare der Kinderheimleiterin, die Abdrücke ihrer Schneidezähne auf der spröden Unterlippe, die Sommersprossen auf ihrer Nase. Ob sie mir Spielsachen in die Hand gedrückt hat? Und dann die Wörter Ball, Puppe, Auto langsam, ganz langsam und laut ausgesprochen hat, mir mit gerunzelter Stirn dabei zusah, wie ich versuchte, sie nachzuformen? Ob sich die neue Sprache im Schlaf über die Märchen, die Lieder, die Sätze meiner Mutter gelegt hat?

Meine ersten Jahre: Ein Spielplatz, ich sitze auf einem Pferd aus Holz, habe den Geschmack von Apfelsaft auf meiner Zunge. Ein roter Regenmantel aus dickem Gummi, die ovalen Holzknöpfe muss man durch Schlaufen stecken. Ein dunkelgrüner Teppich, eine Holztür, ein Kartenspiel auf dem Boden, ich sitze im Eck und biege die Spielkarten in meinen Händen. Ich sehe die schmalen Finger meiner Mutter, ihre Hand, immer wieder ihre Hand, als hätte ich nie in ihr Gesicht geschaut. Diese Hand deckt mich zu, als ich mit hohem Fieber im Bett liege. Mein armer Engel, ich weiß, dass sie das gesagt hat, ich weiß es und höre doch ihre Stimme nicht, höre den Satz in meinem Kopf, als würde ich ihn selbst sagen: Mein armer Engel, mein armer Engel.

Alles hat sich übersetzt und nichts ist verloren, was sonst nicht auch verloren wäre, aber vertraut fühlt es sich nicht an, die Mutterwörter und die Kindeswörter der Daunenhöhle liegen verstreut irgendwo, als hätte Frau Holle zu fest geschüttelt, als hätte sich ein Riss aufgetan, der die daunenweiche Heimlichkeit fallen ließ.

Das Kind ist eingeschlafen, Maja breitet die Decke neben sich auf der Sitzbank aus, legt Anja darauf, deckt sie mit ihrer Jacke zu. Sie zieht die Vorhänge vor die Fenster, schaltet das große Licht aus, die Leselampe an. Sie hört Stimmen auf dem Gang, zwei Männer, eine Frau. Die Wörter zischen an den Abteilen vorbei, die Leute scheinen aufgebracht. Die Frau beginnt zu weinen, einer der Männer senkt seine Stimme, dann der zweite.

Das Geräusch der Räder auf den Schienen. Die Vorhänge, die sanft hin und her schaukeln. Maja nimmt Papier und einen Stift aus der Reisetasche, lehnt ihren Kopf an die Scheibe. Sieht ihr schlafendes Kind an. Die blonden Locken über der Stirn. Das Fäustchen an den Lippen.

Von wem hat sie die Locken, schreibt sie, von wem die Zehennägel, die gekrümmt nach unten wachsen, so ganz anders als bei mir.

Lass mich dir schreiben, damit mir die Wörter nicht durcheinanderkommen. Damit die Sätze richtig geraten. Damit ich das Papier ansonsten wieder fortschmeißen kann, damit es sich auflösen kann in den wassergefüllten Senken, im Morast, damit es hängenbleiben kann im Unkraut, das sich gelb leuchtend an den Bahndamm krallt. Damit ich es zusammenfalten kann, damit es dir möglich ist, meine Wörter glattzustreifen.

Damit meine Stimme in deinem Kopf und nicht an deinem Ohr ist.

Deine Stimme an meinem Ohr, weißt du noch? Die Nacht, in der du mir ein Lied vorgesungen hast, kurz vor dem Morgengrauen. Du hast mich eigentlich nur fragen wollen, ob ich den Titel kenne, und dann hast du die erste Strophe aufgesagt und als ich immer noch den Kopf schüttelte, hast du gemeint, gut, du willst es nicht anders. Dabei hast du gar nicht falsch gesungen, ich erkannte das Lied sofort, aber ich sagte zu dir, dass du weitersingen sollst.

Aus den ersten paar Takten wurde das ganze Lied, leise und doch klar, und ich war erstaunt darüber, wie hoch deine Stimme beim Singen klang. Ich habe meinen Kopf auf deine Brust gelegt und geflüstert, hör nicht auf, Bert, hör nicht auf, und du hast mir wirklich alle Strophen vorgesungen, beim Refrain mit deiner freien Hand auf das grüne Spannbettuch geklopft, mit der anderen meinen Rücken gestreichelt, im Takt der Musik.

Ich weiß nicht, ob es vorher oder nachher war, dass ich neben dir lag, meine Finger in deiner Hand. Du hast sie einfach nur gehalten, nichts sonst. Mit meinem Daumen habe ich zuerst deinen Handrücken gestreichelt, weil ich das Gefühl hatte, etwas tun zu müssen, doch allmählich wurde ich ruhiger, als sei die Selbstverständlichkeit, mit der du dalagst, dein Kopf auf deinem angewinkelten Arm, deine Beine auf der Decke, weil dir darunter zu heiß war, auf mich übergegangen. Irgendwann habe auch ich mich nicht mehr bewegt, ich habe an die bilderlose Wand geschaut, auf das Lichtspiel, das die vorbeifahrenden Autos durch die Ritzen des Rollos darauf veranstalteten. Lichtstreifen, die einander jagten, ohne sich je zu berühren.

Wir beide auf dieser grün bezogenen Matratze. Du warst kurz im Badezimmer verschwunden, nachdem wir in deine Wohnung gekommen waren, ich hörte die Tür der Waschmaschine, dieses laute Klicken, dann hast du dich an mir vorbeigedrückt, ein paar Kleidungsstücke vom Stuhl genommen und hinter das Sofa geworfen, den Überzug aus dem Wäschekorb geholt und mit schnellen Bewegungen über die Matratze gespannt. Du hast nur die kleine Lampe angemacht und wir haben kein Wort mehr miteinander gesprochen, du hast nicht einmal gefragt, wie es mir geht, und ich war froh darum.

Und dann hat mich der Mut verlassen, Bert. Diese Möglichkeit in eine Wirklichkeit zu verwandeln, eine Familie zu haben, von deiner Verwandtschaft eingeladen zu werden an Feiertagen. Mit den Schultern zucken zu müssen oder den Kopf zu schütteln. Nein, ich weiß nicht, wo mein Vater lebt. Ja, es ist interessant, dass ich meine Sprache vergessen habe, aber ich spreche kein Weißrussisch mehr, nein, leider, leider kann ich euch nicht einmal einen einzigen Satz vorsagen. Ein paar Wörter, aber die sind schnell gelernt. Sie rollen leicht aus meinem Mund, das ja, und sie hören sich richtig an, wie aus einem Tonband geschnitten, das eine Weißrussin besprochen hat.

Das Gefühl einer Sprache ist die einzige Wurzel, die mir geblieben ist.

Deine Hand, die du mir auf den runden Bauch gelegt hast. Wie ich dir erklärt habe, dass ich nicht mit dir zusammenleben kann, zumindest jetzt noch nicht.

Und wie du mir trotzdem dabei geholfen hast, die neue Wohnung zu finden, den schweren Schreibtisch in den Keller zu tragen.

Was brauche ich einen Schreibtisch, habe ich zu der Vermieterin gesagt und die dunklen Vorhänge abgenommen, das Flügelfenster geöffnet, die Kartons ausgepackt.

Die Matrjoschka, die du mir geschenkt hast, steht auf dem Fensterbrett, ich habe sie zerlegt, mir die kleinste in die Jackentasche gesteckt. Es klappert nicht, wenn man die Puppe schüttelt, es fällt kaum auf, dass die kleinste fehlt.

Ich wollte dich anrufen, bevor ich fahre, aber ich hatte Angst, du würdest mir von dieser Reise abraten.

Lass wenigstens Anja da, ich kümmere mich um sie, du weißt es, ich könnte gut auf sie aufpassen, das weißt du. Das hättest du gesagt und ich wäre trotzdem in den Zug gestiegen, hätte trotzdem Anja mitgenommen und dazu das schlechte Gewissen, das Gefühl, deinen Rat in den Wind geschlagen zu haben und die Furcht davor, dass du mit deinen Bedenken recht behältst.

Anja nuckelt an Majas Daumen, Maja lehnt sich zurück, streckt ihre Beine, schließt die Augen. Bilder der Landschaft ziehen an ihr vorbei, die wie mit einem Lineal von den Wiesen abgetrennten Fichtenwälder, die stramm stehenden Baumreihen, in denen man sofort die Orientierung verliert und denen man doch nur folgen muss, um wieder hinauszufinden. Die abgelöst werden von jahrtausendealten Wäldern, die sich wie dichter Bisonpelz über das Land legen, narbendurchzogen, zerschnitten von kilometerlangen Schneisen mit mannshohen Zäunen und Stacheldraht.

Babuschkas, die auf verlassenen Bahnsteigen stehen, um ihre Pilze und Beeren zu verkaufen. Der blaue Himmel über den müden Händen der Alten, ihre Augen, die Trauer und die Angst in ihnen, die Resignation auch, und wieder die Hände, die Geld in die Rocktasche stecken, ein paar Scheine, die sie für ihre Pilze bekommen haben und die sie eintauschen gegen Holz oder Kohle, um im Winter nicht zu erfrieren. Auf die zu Hause Männer warten, deren Augen wässrig sind vom billigen Wodka, Kinder, die allein im Dreck spielen und Kleider aus Hilfspaketen tragen und die sich vielleicht, vielleicht an einen Sommer erinnern, den sie hunderte Kilometer entfernt bei freundlichen Leuten verbringen durften, um wieder zu Kräften zu kommen. Mütter, die sich längst keine Gedanken mehr darüber machen, ob sie den Kindern die Pilze und Beeren aus den Wäldern geben dürfen oder nicht.

Und hinter den Dörfern diese endlosen Weizenfelder, die sich golden über die sanften Hügel spannen, ihre Wellenbewegung im Wind.

Ich lasse mich von den Bewegungen des Zuges zurückwiegen in die Möglichkeit einer Kindheit, in eine Kindheit, die hätte sein können, in die mögliche Erinnerung an eine Großmutter, die die Ankunft von meiner Mutter und mir erwartet, die am Zaun steht, seit Stunden schon, seit Stunden mit ihren Vorbereitungen fertig. Auf dem Küchentisch steht ein dunkelblau emaillierter Topf, gefüllt mit Mandelkeksen, Bortschtsch köchelt auf dem Herd vor sich hin, in der Speisekammer eingelegte Salzgurken, getrocknete Pilze, Kartoffeln, Zwiebeln, selbstgemachtes Brot. Der Dielenboden ist ausgelegt mit weichen Läufern, Wandteppiche mit Sonnenblumen und Zwiebelturmkirchen an den Wänden, in der Stube, dem Hauptraum des Hauses, eine gerahmte Fotografie von Mutter und mir. Geschenke liegen auf dem einzigen Bett bereit (Großmutter wird in der Stube schlafen, obwohl Mutter sich dagegen wehren wird): eine Matrjoschka, die schönste, die Großmutter auftreiben konnte, daneben ein Püppchen mit Schlafaugen, handbestickte

Blusen, ein Jäckchen aus Wolle, Tischtücher, auf denen sich Blumen ranken, stickend den Eisblumen abgetrotzt an langen, eisigen Winterabenden.

Ein Duft im Haus, der von den Dingen ausgeht, den jeder wiedererkennt, der einmal ein weißrussisches Holzhaus betreten hat, ein Duft, der sich nur über die Dinge beschreiben lässt. Die Großmutter hat versucht, alle Fliegen hinauszuscheuchen, sie hat Gardinen vor die Fenster gezogen. Der Fliegenvorhang an der Haustür, die bunten Perlenschnüre klappern im leichten Wind. Man hört die Hühner, wenn man in der Stube sitzt, das Köcheln der Suppe, den Hund, der in seinem Zwinger hin und her läuft und einen Knochen zerbeißt. Das zarte Rascheln von Stoff, wenn die Großmutter das Kind streichelt. Es ist so still, dass man das Streicheln hört.

Ich hätte mich hinter meiner Mutter versteckt, ein paar Sekunden wären vergangen, bis die Großmutter ihre Tochter in die Arme geschlossen hätte, beiden wären Tränen übers Gesicht geronnen und ich hätte nicht gewusst, was tun. Und dann, nach einer langen Weile, hätte sich die Großmutter mir zugewandt und vorsichtig mein Gesicht in ihre rauen Hände genommen, den Kopf geschüttelt, als könne sie nicht glauben, jetzt doch, jetzt doch endlich ihr Enkelkind sehen zu dürfen.

Viele Geschichten haben die meine berührt, und sie verändern sich, vermischen sich, manchmal kann ich nicht einmal sagen, wo die eine aufhört und die andere anfängt. Ich habe sie mir zu eigen gemacht, ausgeliehen, weiter gedacht, zu weit vielleicht, und umgehängt wie einen Tarnmantel, aber jetzt, jetzt möchte ich in meine eigene Geschichte hineinfahren, das Dorf, das Tal meiner Kindheit gegen eine Landschaft halten, die mir verborgen geblieben ist.

Hör zu, Bert, mir fehlen die Berichte über Onkel und Tanten, die man sich zu Weihnachten wieder und wieder erzählt. Über den Cousin, der nachts vom Weg abkam und von Irrlichtern ins Moor gelockt wurde, dem er nur durch glückliche Fügung wieder entkam. Über den Großonkel, der so lange vor dem Haus der Großtante stehenblieb, bis sie ihn erhörte und zu ihrem Mann nahm. Über den Großvater, der tagsüber in einer Ziegelfabrik schuftete und danach auf dem Kartoffelacker, wo er eines Tages Finger Gottes fand, Fulgurite. Die Familie erzählt, dass er die gläsernen Gebilde ausgrub und ins Dorf tragen wollte, doch das tue niemand ungestraft, er sei gestürzt und habe sich die Schulter gebrochen, die Finger Gottes brachen ebenfalls, zerbröselten, und der Großvater verstummte, er sprach erst kurz vor seinem Tod darüber. Und dann die unausgesprochenen Geheimnisse, die Dinge, über die man nicht einmal nachdenken darf. Still, heißt es, wenn ein Kind fragt, das ist noch nichts für dich und es ist besser, du weißt nichts davon. Dann sehen sich die Erwachsenen einen Moment lang an, jeder wartet drauf, dass jemandem ein neuer Anfang einfällt, ein Faden, an dem sich das Gespräch fortspinnen kann bis in den späten Abend hinein.

In meiner Erinnerung ist es still. Ein stilles, kaltes Haus erinnere ich, in dem nur der Holzboden knarrt, wenn die Tante ihre Wege macht: Von der Vergangenheit kann man sich keine Scheibe abschneiden, still, sei still, sei zufrieden mit dem, was du hast.

Denk nicht, dass es Unsinn ist, tagelang im Zug zu sitzen, nur um ein Haus zu suchen, das vielleicht gar nicht mehr steht. Ich muss alles sehen, alles, was meine Mutter gesehen hat, ich möchte spüren, wie lang diese Reise ist, ich möchte hören, wie sich der Klangteppich im Wagen verändert, während wir durch die einzelnen Länder fahren. Anja schläft neben mir, ich halte ihre Hand.

Ich habe geweint, nachdem du an meinem Geburtstag angerufen hast. Deine Stimme so nah und das Wissen, ich müsste mich nur in den Bus setzen und wäre in wenigen Stunden bei dir. Das Wissen, dass du an mich denkst und dass du die Hoffnung nicht aufgegeben hast. Und dann wieder dieser Satz, pass auf dich auf. Der schönste Satz, den man sagen kann. Ein leiser Satz, man muss genau hinhören, dann breitet er sich aus und schwingt und klingt, so viel Vertrauen liegt darin und mehr Liebe, als das Wort Liebe zu fassen vermag.

Es heißt nicht Babuschka, sondern Matrjoschka. Die Worte der Tante. Ihre Stimme in meinem Kopf.

Ich kann mir die Geschichten nicht vom Leib schälen. Ich reise in eine Landschaft und in eine Sprache, die auch die meine hätte sein können. Ich möchte einen Hintergrund mitnehmen, vor dem sich etwas hätte abspielen können, eine Kindheit, ein Sommer, ein Besuch. Das Bild eines Hauses, von dem mir die Mutter hätte erzählen können, das Bild eines Waldes, durch den sie vielleicht als Kind gestreift ist, das Bild eines endlosen Weizenfeldes, in dem sie sich vielleicht versteckt hat, das Bild einer rostigen Wasserpumpe, einer gepflasterten Straße, eines verlassenen Bahnhofs, auf dem sie vor vierzig Jahren gestanden ist (und den es nicht mehr gibt), voller Hoffnung und Angst, nichts als einen kleinen Lederkoffer bei sich und mühsam gesparten Kaffee für die Grenzsoldaten.

Ich habe gehofft, in Träumen meiner Muttersprache zu begegnen, doch selbst wenn, könnte ich doch nichts davon über das Aufwachen hinaus in den Tag retten, ich bin nicht einmal sicher, ob man in Träumen spricht.

Das Haus steht, wenn auch fremde Leute darin wohnen, es muss stehen, ich werde den Kinderwagen hinter einem Zaun abstellen und Anja auf den Arm nehmen, ich bleibe sonst immer wieder stecken zwischen Pflastersteinen und festgestampfter Erde. Nur die Hauptstraße ist asphaltiert, in den Schlaglöchern steht das Regenwasser der vergangenen Nacht, ich höre einen Hund bellen, kurz darauf setzen andere Hunde ein, ein Gebell und Geheule minutenlang. Die Straßen sind leer, wir gehen vorbei an grauen Holzhäusern, einige wurden vor Jahren gestrichen, gelber und hellblauer Lack hängt an der Wetterseite schuppig von den Planken. Doch Malven in fast jedem Garten, Blumenbeete hinter niedrigen Zäunen, eine Bank vor jedem Haus. Ein alter Mann knackt Sonnenblumenkerne mit den Zähnen, spuckt die Schalen vor seine Füße, beobachtet uns. Ruft seiner Frau etwas zu, ein Wort nur, sie hört nicht, kippt schmutziges Wasser aus einem Eimer auf die Straße, ich grüße, sie sagt aber nichts, nicht einmal, als ich ihr zunicke. Der Himmel ist stahlblau, von den Gewitterwolken ist nichts mehr zu sehen. Die Häuser geben den Blick frei auf ein Kiefernwäldchen, ich wundere mich, dass es umzäunt ist, beim Näherkommen sehe ich Grabsteine zwischen den Baumstämmen. Ich weiß, dass ich Großmutters Grab hier nicht suchen muss, sie liegt bei Großvater, weit entfernt, ich drücke trotzdem das Tor auf, gehe zwischen moosigen Grabplatten und wenigen aufrecht stehenden Holzkreuzen umher, die scheinbar beliebig aus dem Gras ragen. Die Blumen gehören den Lebenden, die Toten ruhen von Gießwasser unbehelligt unter weichem Grün. Ich setze mich mit Anja auf eine Bank, Sonnenblumenschalen liegen im Gras, mir ist, als wären sie von jemandem angeordnet worden zu einem Muster oder zu Buchstaben, die ich nicht lesen kann. Für einen Moment vergesse ich, wonach ich suche, ich starre die Linien an, hebe meine Füße, sie sollen die Zeichen nicht zertreten.

Ich komme kaum vorwärts, nach Mittag ist es schon und der Rand des Dorfes noch nicht erreicht.

Als ich den Friedhof wieder verlassen will, bemerke ich einen Geruch wie von verbrannten Kräutern, ich schaue herum, aber ich kann nichts entdecken. Im Haus gegenüber bewegen sich die Gardinen, ein Schatten tritt in den Raum zurück.

Anja sitzt auf meiner Hüfte, ich lege ihr meinen Baumwollschal über den Kopf, um sie vor der Sonne zu schützen, aber sie zerrt das Tuch immer wieder herunter, um daran herumzukauen. Ich höre nur meine Schritte und Anjas leises Schmatzen. Das Kind wird schwer auf meinem Arm, ich wechsle die Seite, dann sehe ich das letzte Haus an der Hauptstraße. Als hätte jemand das Schwarzweißbild übermalt, steht es da, die Farbe dick aufgetragen, deckendes Acryl: Ein gelb lackiertes Holzhaus, ein großer Garten dahinter, größer als die anderen Gärten, Gurken, Kartoffeln und Tomaten, über die Tomaten wundere ich mich, auch darüber, dass der Lack des Hauses glänzt. Die Mutter wie wegretuschiert, eine Regentonne an der Stelle, an der sie auf meinem Foto zu sehen ist. Am schmalen Gehsteig vor dem Zaun steht ein rotes Rutschauto, wie aus der Zeit gefallen, aber warum nicht, warum soll hier kein Rutschauto stehen. Kinder sehe ich keine, auch kein anderes Spielzeug, ich trete nah an den Zaun, den Garten zu betreten wage ich nicht und ich überlege, ob ich rufen soll, vielleicht ist jemand da. Plötzlich rieche ich wieder Rauch von verbrannten Kräutern, stärker als vorhin, und als ich in eines der Fenster schaue, glaube ich ein Gesicht zu sehen. Ich höre ein Murmeln, beschwörende Worte, wage es nicht, mich umzudrehen, die Stimme kommt näher, nah an mein Ohr, ich spüre einen Atem von hinten, der Kräuterrauch verdichtet sich, ich bekomme kaum noch Luft, und als ich an mir herunterblicke, sehe ich meine Arme leer.

Der Zug steht. Die Tür des Abteils ist offen, am anderen Ende des Waggons aufgebrachte Stimmen. Maja drückt Anja an sich, hält sie fest, legt eine Hand an ihren Kopf. Anja reibt sich mit den Fäustchen die Lippen, ohne aufzuwachen.

Mein Dank gilt Angelika Klammer für die umsichtige und nachhaltige Begleitung dieses Buches, des weiteren Gabriele Wild, Astrid Treusch und Ludwig Hartinger für ihre Anmerkungen und Hinweise. Ich danke meinem Mann Ralph, ohne den dieses Buch nicht wäre, was es ist.